岁月

方元茂 著

海峡出版发行集团
海峡文艺出版社

图书在版编目(CIP)数据

岁月/方元茂著. —福州：海峡文艺出版社，2016.10(2024.3重印)
ISBN 978-7-5550-0890-3

Ⅰ.①岁… Ⅱ.①方… Ⅲ.①散文集－中国－当代 Ⅳ.①I267

中国版本图书馆 CIP 数据核字(2016)第 229469 号

岁 月

方元茂 著

出 版 人	林　滨
责任编辑	林可莘
出版发行	海峡文艺出版社
经　　销	福建新华发行(集团)有限责任公司
社　　址	福州市东水路 76 号 14 层
发 行 部	0591－87536797
印　　刷	三河市兴博印务有限公司
厂　　址	河北省廊坊市三河市杨庄镇大窝头村西
开　　本	787 毫米×1092 毫米　1/16
字　　数	200 千字
印　　张	16.25
版　　次	2016 年 10 月第 1 版
印　　次	2024 年 3 月第 2 次印刷
书　　号	ISBN 978-7-5550-0890-3
定　　价	81.00 元

如发现印装质量问题，请寄承印厂调换

岁 月

青春流年苍老比，
记忆飘零破碎记。
岁月尘陌落寞翩，
烟花扬世书传奇。

目 录

乡 土 篇

记忆的榕树	3
山上的太阳	9
山上的月亮	13
淡去的年代	17
家乡的溪水	26
故乡的云雾	31
远去的物种	35
史蕴聚善堂	44
儒洋染西霞	49
永泰状元	56
教会办学	60
风情紫山	64
杏馨珠峰	71
金丰恭恩	74
翠微大喜	79
悠悠潼关	83
明媚春光	90
木棉凤落	93
飘逸仙洞	99
幸福清凉	102
文蔚文漈	108
古朴寨里	115
亲亲下苏	119
揽色天台	122
凤翔仙岭	127
澹澹大樟	133

绿色芋坑 …………………………… 137
史匠郑樵 …………………………… 142

随 感 篇

父母生日 …………………………… 147
四位老者 …………………………… 150
如风往事 …………………………… 156
崇武看海 …………………………… 160
海飘之感 …………………………… 164
七夕断想 …………………………… 167
择业·职业 ………………………… 172
如歌岁月 …………………………… 176
脉冲·青春 ………………………… 183
脉冲·人生 ………………………… 188

诗 歌 篇

思篇 ………………………………… 201
心篇 ………………………………… 205
赞篇 ………………………………… 207
春篇 ………………………………… 211
秋篇 ………………………………… 214
游篇 ………………………………… 216
感篇 ………………………………… 218
赏篇 ………………………………… 225

附录
海飘散绪 ………………………… 方 鋆 226

后记 ………………………………… 251

乡 土 篇

我爱故乡的云霞，
云是乡愁，
霞是乡史。

记忆的榕树

榕树，大乔木，高达15-25米，冠幅广展，老树常有锈褐色气根。福州植榕，宋时已有，《太平寰宇记》载："榕……其大十围，凌冬不凋，郡城中独盛，故号榕城。"榕树被评为福建省树、福州市树。可见，榕树于福建历史悠久，文化深厚。

永泰除了樟树多，榕树也多。《县志》载："一作槦。嵇含《草木状》：'榕叶如木麻，其荫十亩。'《榕城随笔》：'闽中多榕树，因号榕城。'然闽省之榕，枝又生根，垂垂如流芳。永地则枝不生根，疑是别钟。"此谓永泰古榕不同于榕城古榕，为"无须榕"。

永泰各乡镇的靠水边，几乎处处可见寿星古榕。嵩口古榕，当数嵩口渡那棵；城关古榕，江滨北岸桥下那棵是最可上榜的；塘前古榕，大樟那棵当之无愧。这三棵古榕，都有特殊的历史背景，但历史上都没有名字。我暂且各叫它们为嵩口榕树、城关榕树、大樟榕树。

一

查阅历史资料，三棵榕树中有时间记载的大约只有嵩口榕树。嵩口德星楼下的"植榕碑"刻于1549年，林带溪那时在嵩口渡边广植榕树，嵩口榕树诞生于这个年间比较可靠。如此数来，嵩口古榕迄今已有460多年的高龄了，比汤埕的陈俊还高寿。

嵩口榕树贯穿了嵩口历史的演绎进程。嵩口商品经济的发展与永泰其他地方一样，繁盛于明清时期。五县交汇处的嵩口，其时商业规模为本县之最；直至民国时，嵩口的商品经济还在发展，1915年出现福建第一个乡镇商会，1926年还自行发行过纸币。榕树伫立于妈祖码头岸上，目睹了古代嵩口商业繁荣的盛景。榕树伴随着岁月的荣耀，听惯了艄公的吆喝，看惯了纤夫的背影，记录着来往商旅的花名，记数着叠叠厚厚的过客脚印。嵩口榕树挺拔、伟岸，干壮、枝粗，是嵩口乡土历史的忠实见证者。

嵩口桥建后，嵩口渡慢慢退出历史舞台，不再是商业汇聚点；后来下游再建一座桥，嵩口渡连民用的功能也失去了。作为历史的见证，榕树敛容了，那些曾经的喧嚣变成了记忆。随着嵩口商业的淡淡褪去，人们离开了古榕。就像老父辞别长大的孩子一样，榕树开始了孤寂的生活。

我们孩提时代，陪伴榕树的是顽童、妇女和兴化渔民。

我们上小学时，除了在榕树下溪边游泳，还经常凿榕树树根的油脂,用于粘蝉,然后偷了农家的厕瓦当鼎,在溪边架火烤着吃。榕树根好大好粗,皮好厚,要用木匠的专用凿子才能凿个小洞。傍晚时分,妇女到溪边洗衣裤,偶尔会训我们几句,说不要破坏榕树。听到骂声,我们就像麻雀受惊吓一样"呼"地逃窜了,可是不一会儿又聚在一起了。那时,我们不懂观察榕树长得怎样,只是觉得它好高好大。后来,有个小伙伴在试着攀榕树时摔死了。从此,我们不敢再到那儿玩。榕树下,留下了我们的童真,留下了我们的快乐,留下了我们至今难以忘却的美好记忆。

兴化人,我们俗称之"阿兄",实为尊称。兴化人以勤劳节俭闻名,他们带上竹筏、鸬鹚长期在嵩口一带捕鱼。清晨,"阿兄"划着竹排、撑着竹竿,拍击水面,赶好鱼后鸬鹚飞快下水捕鱼,一家渔户一两个小时内即可捕到一箩筐的鱼。收工上岸后,"阿兄"喂养鱼鹰、在旧街售卖溪鱼。"阿兄"、鸬鹚皆露宿于榕树下,闲时我们也跟"阿兄"搭讪几句。见鱼鹰凶状,我们不敢靠近,只是在稍远些观看。到镇里的乡下人未见过鸬鹚,不明事理,看到鸬鹚捕鱼情景,惊呼:"咦!嵩口鸭母会咬鱼嘞!"人们听了,都毫不客气地叫这些人"溪猪"。

上初中后一直到大学毕业回老家工作,我没认真去过榕树下。夏天,我们都高高地站在桥上纳凉,远远地看着榕树,它显得那么矮小,给自己长大了的一种错觉。其实榕树衰老了好多,至少叶子没那么翠绿。有了自来水后,妇女也不再到溪边洗刷了。那个年代的榕树犹显苍凉。

嵩口获评文化名镇后,人们开始想起榕树了,原来它是活着的历史。妈祖码头年久失修,后来为了"美观",建设者们索性"石改灰"(后又"灰改石");因榕树(仅存的一棵)有碍建路,有人甚至说把树砍了。幸亏老人们挺身而出力保榕树,榕树才逃过一劫。但榕树的根被厚厚的水泥(后为鹅卵石)盖住了,它虽然迎来了新时代,但我们不知它还能存活多久。榕树的根、榕树的干、榕树的枝、榕树的盘还有榕树上的寄生物,也许有一天将永远停留在我们童年时代的记忆中。我们已经愧对先贤林带溪了,如果那天真的到来,今天的我们将是子孙后代的历史罪人。

二

城关榕树不如嵩口榕树那样又高又大，枝盘很发达、个头矮小；但城关榕树比嵩口的幸运。

城关榕树下，旁边有条浮桥直通南岸，码头称浮桥头。城关榕树最早留下的历史图片，是伊芳廷初到永泰传教时于1902年留下的。从树的形态、长势看，估计它与嵩口榕树同龄。城关榕树，刻录了人们往来的踪迹。古代城关人外出，水路从浮桥头乘船出发，旱路则过浮桥、上塔山，于碧怀亭处拜别亲人后起身。

新中国成立后，塔山桥通了，浮桥头码头也就失去了它存在的意义。公社化时期，城关榕树下是永泰木材排坞，木排是榕树见过最多的风景。木排从洑口顺流而下，到榕树下靠坞待发。嵩口线的排工到这算是交了公差。他们到城关时，往往是太阳落山时分，有的排工在木排靠坞后，就在榕树下搭棚烧锅过夜，次日返程。因此，城关榕树没有寂寞过，从它扎根开始就一直在忙碌着它的历史。后来木材改为汽车运输，排坞亦即告别使命。但即使是20世纪80年代，榕树还有渔工的陪伴。

永泰城改后，城关榕树又热闹非凡了。榕树下，轻歌曼舞、山歌对唱、休闲散步、驻足观赏、交颈喃语、孩儿嬉闹，榕树总是忙不暇接。在城关人的打扮下，老榕神采奕奕、绿叶葱葱，迎来了新时期的春天。

三

大樟榕树出生于大樟，享尽了尊荣。永泰县治最早设于大樟，它自然享有了"大樟"的美名。大樟榕树旁枝巨大，估计它的年龄比嵩口、城关的都大。

大樟是永泰古代名渡口，永泰人外出，水路必须经此地再到福州；旱路也发达，从这里出发，可以经福清到莆仙。因此，古代这儿商品经济地位亦是显要，从尚存的古街可见一斑。

大樟渡口存在时间很长，一直到塘前桥通后才废弃。大樟榕树的历史脚步也没停歇过。古代的商品交换、新中国成立后的南北往来、20世纪80年代的溪鲜交易，它都历历在目。改革开放时代，人们在它的身旁建起了别墅式的新居，榕树焕发生机。后来，人们把它的周边修饰一番，建起了公园，老榕与邻居共享安详。

大樟有其独特的地位：元朝永泰唯一进士就是大樟人；大樟的周边，还有一都的状元黄定，官烈的王翰、王偁父子，省委旧址、千江月休闲区……探访这些名胜，你不得不取道于大樟，大樟榕树便成了迎客榕。此外，公交站还设于榕树下，是永泰-福州的公交中转站。大樟榕树忙得不可开交。

嵩口榕树、城关榕树、大樟榕树都亲身经历了各自的历史沧桑，都有一本属于自己的厚厚史书。虽然命运不一，但都在挺腰书写各自的历史。无论风雨如何，至今它们都依然坚强地在延续着自己的生命。榕树下的人们，乘凉也罢，喝彩也罢，欣赏也罢，遗忘也罢，它们都在默默地看着、听着、想着。

但愿世人别忘了：不要让榕树伤心。

◉ 山上的太阳 ◉

山上的太阳总是光彩无瑕,天空蓝得出奇,青山绿得冒油,偶有的云雾,也只是短暂的飘纱,一掠而过。

一

早些年,我去过赤岭。那儿的山路又窄又弯,行车许久,才会有一两户人家。半山腰悬崖后山,农户相对集中,几座木房生活着几户山人。小孩不多,从牙牙学语到十来岁,男男女女都在空旷的田野里玩耍。说是玩耍,不如说是在玩泥巴,因为他们确实也没啥东西可玩。入秋时节还不算冷,他们的手、脚、脸、衣裤,目及之处都是泥彩。大人都外出收割去了,陪这些孩子的是几个老人。老人并不嫌小孩脏,天天都是这样,也习惯了。

我上前询路,顺便问老人些事:正是上学时间,怎么这些大的孩子还在家里?老人只是摇摇头,之后嘟囔几句:哪里上学呀?路又远,家里就靠几担谷,也没钱供得起,再说,我们祖祖辈辈没念书,也好好的。小孩见生人来,好奇地围了过来,眼睛愣着看你。我问了年龄较大的:你们想上学吗?他们笑着,没有回答。

这些孩子,单纯到连上学是什么都不懂,更不用说想不想上学了,就像原始森林的太阳,没有受到外界任何文明尘嚣的袭扰。大人亦如此，他们除了日出而作，日落而息，再也没有什么可以和外界相沟通的了。

二

赤锡老山的路，虽是灌了水泥，但也蜿蜒盘曲；老山山峰密集，既陡又峭，两个山峰之间，呼喊都能听得见，可走起来一上一下要一两个小时。我到老山小学是数年前的事。

老山小学，处于山的半腰，附近有几户人家。小学三层楼房，每层两间。底层一间是厨房，一间是学生宿舍；二层是教室，六个年级在两个教室轮流上课；住校老师和办公场所均在三层。

学生不多，我去的那年只有二十来个，老师最多两三个。那次到时，正赶上放学时间，学生陆续到了厨房。因是秋冬季，老师帮学生热了午饭。学生很自觉，到蒸饭层认自己的饭盒。菜没热，学生拿了饭盒，找了个位子安静吃午饭。我仔细端详了每个学生自带的饭菜：菜的花样各异，但都很简陋，还好他们这个时代没吃番薯米，都是清一色的米饭。这样看着，我们心里多少会好受些。吃了饭，大点的孩子，就自己动手洗餐具了。之后，他们回到教室，在自己的座位上伏着午休。这些过程，秩序井然，老师并不用多说什么。

老师看着学生做完这些事，清理了下厨房卫生，开始吃饭。虽然老师可以做些自己想吃的东西，但都没有很特别，同样简单用餐。都是做老师的，我们城里的远比他们奢侈。

学生午休期间，我们怕影响学生，就到民居那儿聊了些事。这儿的学生很苦，相当部分家离校很远，走路都要一个小时甚至两个多小时，早上6点多就要动身了。年龄小点的，开始家长会接送一段时间，过后就得自个儿走了。6点多，城里的孩子还在赖床呢，更不用说走那么远的山路来校上课了。

我说：家长怎么放心呀？邻居插话了：哪有办法啊，除非不念书。大人基本外出打工了，家里老人也没法天天接送啊。别看我们这儿大声叫对面山的人都会听见，可从一个山头到另一个山头，远的要走两个小时呢。

这儿的老师也苦，他们要与学生休戚与共，既是老师又是保姆。夜间必须有留校的，有几个学生路途太远，必须寄校，要有老师看护。所以远途的老师跟这些学生一样，一周才能回去一趟，实际上是自我"留校"。学校离乡区很远，老师就是想换口味，也买不到东西。一旦到这儿当老师，几乎等于在这儿扎根了。

三

我崇拜山上的松树，更崇拜山上的太阳。直到上大学时代，我仍常上山砍柴。那时的山，松杉参天，绿郁葱茏，太阳下富有生机；阳光沿叶隙穿下，带来阵阵松香。人置身于林海，顿觉精神爽畅、干劲十足。我们从不乱砍一棵树，拣的都是松树的枯枝。爬上高挺的松树，不需费很大的力气，剁下枯枝后，总要抱在高高的树上举目远眺，寻找欲与天公试比高的美感。山海在山阳下，绿得吐脂，太阳和大山就是如此的和谐。我想，如果没有了树，太阳将无所适从；如果没有了太阳，树将枯竭生命。

林间的太阳，时而刺眼，时而折影，把你带入梦幻的世界。太阳一照，树木挺腰、花草眨眼、虫昆蠕飞、禽兽穿梭，那是一个崭新的世界。如果不是功夫的原因，我会待在树梢很久，美美享受太阳下的萌动，有时还真想在大树上搭个草寮，于寮窝甜甜睡上一觉，让山阳把自己带到仙境的梦乡。

山上的太阳：春季催醒万物，夏季热而不炎，秋季高而微暖，冬季冷而不寒。树紧依太阳身旁，接受她的沐浴、承接她的光辉、谨记她的教谕、交替自己的年轮。

　　山上的太阳执着、娇艳、透亮、精神。我不赞同山上太阳的态度：固始，没有外来，一样传承。但我赞美它的许多品格：坚韧，面对山土，不懈抗争；无私，没有年月，照亮万物；纯真，拒绝杂念，纯洁净土；淡定，抛开浮躁，安详生活；无邪，从不阴暗，真实磊落；信念，远离喧嚣，唯我独好；自信，东升西落，造福生命。

⊙ 山上的月亮 ⊙

"月光光照厅堂，过水妈过后廊。人儿划船去接郎，郎未到先煮到（午饭）。到未熟先掼（买）肉。肉未有，敲锣打鼓抬媳妇。媳妇到，公婆坐厅头。厅头盎玲珑，厅尾好种葱。葱长长，子孙满厅堂。"这首《月光光》是母亲唱给我们听的乡谣，当时我不解其意，母亲没文化，问她，她也答不上。我听过很多乡谣，大多忘却了，唯有这首，至今仍记得牢固。

一

现在总算略解了乡谣的内涵。乡谣是祖辈相传的，人们一直在怀念一个美好的时光：山上的月光，越过止水墙，穿进窗花，芒射厅堂；搂抱万水千山，拥抱千家万户。一年四季，人们赶着耕牛、伴着牧笛，忙过春夏秋冬，迎来换代的一天。厨娘在为新郎、新娘、客宾忙碌着，从月出到月落。这是隆重的日子，全家焦急而热烈地期盼着花好月圆的到来，月色特亮白，白得让蟾娘遮羞、玉兔隐藏。新娘到了，要跪拜公婆。公婆坐在厅头上，接受新媳妇的跪拜礼。这不仅是长幼有序的必需礼节，也是两代传承的重要礼仪。媳妇入门了，要唱偈颂。葱易栽且快长广发，是人们子孙满堂的最好意寓。《月光光》寄托了山村的人们对美好生活的追求和对理想愿望的憧憬。

二

少年时代，我经常跟大人上山。我对《月光光》只是朦胧的遐想，只是文字上的理解。我更多更深刻地记着的是山上的月亮。

生产队时期，因山田遥远，劳作效率又低，社员要待在山上好些日子，夜宿废弃的农家破厝或自搭的草棚。我们节假日上山，在大人劳作的附近砍柴，积较多柴了再拉回。后生产队搞承包，我家人虽多但劳动力少，有些事就摊上我们小孩了。山田野猪多，各家各户夜间都要轮流在山上赶野猪。因此，我对山上的生活印象深刻，道道坎坎、水渠来去、田地肥瘠知道不少。

捡柴火时期，大人睡得早，我在陌生地睡不好：每夜坐在旷野土堆上，数着星星、听着蛙鸣，偶有鹿叫，最怕野猫和野鸟的吓人惊叫。最令人难忘的是月亮，她总在树梢，发出的奇光照得山间树草格外清晰，阵风掠过，草木婀娜，山野在动，心儿在晃；风止了，远处传来有节奏的灌溉竹节的敲打声，一声一歇，如更夫报更，响亮有序。我时常要几夜后才能入睡。先是怕，再是奇，后是习惯。

帮工时期，劳动效率较高，自然也就少在山上过夜。不过山上的美景不如从前了。人们开始大规模砍伐森林，松木、杉木、杂木，见大树就伐，一座座山一天天矮下去。每个山脊都有一道很深的滚木沟，树少了，山秃了。生产队富余的劳动力都在战天斗地，人们饿坏了，张开双臂向山索取。祖辈被山"奴役"，现在轮到人征服山了。那时在山上待着，不是为了耕作，而是向山索取财富。路边所见之处皆原木，可谓木山木海。我有几次在山上茅草屋过夜，是陪大人看守木头。星还在，月还在，只是月开始变得朦胧了，她不再挂在树梢上，而是立在山头上疑惑地看着忙碌的人们。风掠山田，只有野草的飒飒声，再也没有树木的婆娑。山涧涸了，灌溉竹筒退休了，不用再敲更。月亮失去了伙伴，孤零零地从一个山头转到另一个山头。我记得清楚，那时山上的月亮，冷漠、失落、彷徨。

介于两个时期之间，生产队是包工不包产，每家有上山赶野猪的义务。大队民兵配有半自动步枪，赶野猪的夜晚，年轻的大人都带上枪防身，遇上野猪偷袭，也可放枪。我见过一次，因大人都没经验，野猪没有一枪毙命，中弹的野猪发出可怕的怒吼声，我年纪小，躲在茅草屋里吓得不敢吭声。大人没追上中弹的野猪，找了大半夜没找着。第二天被邻村的人捡了，100多斤呢。赶野猪要出去巡逻，我太小不便跟随，只好在草寮里点上灯守着，因为野兽怕火，所以点灯给自己壮胆。我一直静坐在茅草屋口，数着星星、看着移月。这是水稻灌浆时节，山风吹拂，梯田稻秧如海水涨潮般一浪追着一浪。月亮如舞台灯光，照着稻浪的舞台，甚是惬意。我认真看着月亮，她是那么的皎洁、多姿、圆白，似一个巨大的银盘挂在无涯的星空，美极了。

三

年纪大些的时候，已是经济时代，人们不用固定在土地上。年轻的、壮年的，只要有机会，都想离开山土，走出山门，到各大城市闯世界。或打工或创业，穷怕了的山人不再留恋祖辈留下的山地。况且，山也光了、田也荒了，人们再也不能向山向地自私而贪婪地索取财富。我上了大学后参加工作，告别了农民身份，不用再跟随大人上山，和绝大多数人一样离开了山，再也没有去体味山上的月亮。山上的月亮，抵不过多彩外界的诱惑，人们像遗忘生我养我的老故居一样，遗忘了山上的月亮。离开了的人们甚至不想再看一眼曾经生活的故居，山上的月亮或许是许多人已经忘却的记忆。

我老家在溪边，偶尔回老家，立在窗前远眺。溪对岸的山，仅有轮廓的感觉，山顶的月亮，失去了光华。我找不到山上的月亮了。

　　我看惯少年时代山上的月亮。那时的月亮，始终那么静谧、那么沉着，从不躁动、从不慌乱。我记得：她像慈祥的长者，打着火把，默默地照着夜间的山人；她像老道的舵手，无论遇到什么变故，天灾或人祸，都不乱分寸，沉稳地叮嘱人们冷静处理世间的纷杂；她像无为的先哲，任由人们去追逐多彩的世界，而独自留守所熟悉的一切，在那里过着踏实的生活；她像万能的法者，人们来也匆匆去也匆匆，她总是敞开大门，从不担心失去什么。

⦿ 淡去的年代 ⦿

20世纪60—70年代后期,影响我们这代人的生活元素让我们终生难忘。现在说起来,在今天幸福的后代看来,不仅不可思议,还会当笑话。

一

普通农家,有三样东西始终摆在餐桌上。

"豆酱",俗称"臭豆酱",其实是加工酱油的豆渣,并非概念上可口的"豆酱"。每个供销社都有加工酱油,黄豆发酵后,内在的营养都转化为酱油,余下的是豆渣废料。豆渣捞出后堆在缸里拉到供

销社柜台售卖，一斤一到两分钱，廉价得很。事实上，豆渣是饲料，可那时却成为人的食品。豆渣不仅又硬又咸，而且散发出阵阵霉臭。

"虾鲜"，这是土名，词条里是不存在的，看字眼很动听，实为"臭海杂"。将有用的海产品挑选过后，剩下的全部用盐腌制成"虾鲜"。有虾、小鱼、小蟹等杂货，简直是海产品下脚料的大杂烩，腌制后又咸又臭，说白了，猪都不想碰。

"番薯米"①是主粮，有的家庭连这东西也吃不饱。加工番薯米，要几道工序：洗皮、去皮、挖洞、剔坏、推条、洗粉、晾晒。好天气切的番薯米好煮，坏天气切的番薯米煮不熟。洗粉后的番薯米，实际上也只是番薯渣，基本上没淀粉。番薯粉可以卖得较好的价钱，用以补生计。农家一年到晚要吃番薯米，像我所在的生产队，一年口粮生谷150斤，连番薯米都吃不饱，上顿借下顿，一年都在为"吃"发愁。

番薯原产美洲，于新航路开辟后传开，明朝中后期进入我国，万历间播至福建省，先民早已为佐粮。《县志》曰："状如地瓜，故或呼'地瓜'……根如'山蓣'，味甘。有黄、红、白三种。生食，熟食，或晒干或磨粉皆宜。乡民资为粮食。"

二

着装不仅单一而且寒酸。

过年时节，妇女要愁着怎样为丈夫、子女添新年装。首先是鞋。鞋是自做的布鞋。下半年农闲的日子里，妇女都在不停地做布鞋活。制作一双布鞋，要花好长一段时间：先挑废布料糊鞋底，大约要粘十几层厚；之后是用一种裁刀把边裁掉；接着是纳鞋底，用锥子每钻一孔穿葛线一次；最后做鞋面，鞋面分里外两层，里层是白棉布、外层是黑棉布。农妇真牛，每双鞋量脚制作，都很合脚。新鞋一年就这么一双，要从大年初一穿到大年三十晚；天晴还好，下雨外出就只能穿人字拖鞋，无论多寒。大多数家庭买不起塑料雨鞋，苦了脚丫脚板。

其次是衣裤。新衣一年换不了一套，一般是大孩子穿了再给小的穿；很多家庭只能为子女添一件衣或裤，赶不上的只能穿像样一点的缝补的衣裤过年。布料由政府发布票分配购买，当时叫卡机布，无非是黑色、蓝色、灰色、军绿色几种面料。农户分配少，一人才一两尺，居民户会多分配些。所以，子女多的家庭，大人往往几年没有添置衣裤，裁剪了一套都是在重要场合时穿，平时着千补百纳的衣裤并非个别现象。出了家门，看某人的着装就可知道其家境了。

至于其他服饰"配件"也一样不易。帽子，无论大人小孩，能买上一顶军绿布帽就很挺腰了，这才叫"派头"。就是拖鞋，有一双崭新的人字拖鞋，走出去也是雄赳赳气昂昂的；更多的是穿"组合鞋"，几双破鞋"焊接"在一起，没一处是"原装"的。

三

大部分农家，因水灾和匪患，到爷爷那辈已是一穷二白了。祖宗留下的房产为数极少，父辈一个男丁大约只能分到十几平方米的一间老木屋。我上初中时，还是六口人挤在又暗又潮的老屋里。冬天两个床铺挤挤算了，夏天热得没法，就在床旁的地上盖个塑料膜睡在膜上，当时躺在上面睡是凉快多了，但谁也没想到这样睡将来会得关节炎。

一个简易的小衣柜、一张三屉桌、一只木马桶、一张眠床，这些是相当多家庭所能拥有的全部家当。最糟糕的是，几口人共用一只马桶，夜间轮流使用，小曲每唱一次，恶臭就散播一次，十几平方米的空间整夜都在充溢着汗臭和尿臭。

洋油灯（煤油灯）伴随我们很长时间。点洋油灯一个小时，满鼻孔都是黑烟；后来虽有电灯，但由于电力不足，加以家庭节约，照明仅是忽明忽暗的15瓦灯泡而已。

因为家穷，买不起帆布书包和金属笔盒，只能用塑料书包和笔盒；本子也是很节约地用的，正面写完了写背面；铅笔写到手无法再握时，就套上小竹管继续用。大家都很珍爱书，新书发下后小心地用牛皮纸包好，虽然书中有留白可以写字，但舍不得写上一个字，上了高中，还有很多人依然留存小学课本。

四

"11号"是人们两条腿走路的形象称呼。虽然已经有了自行车，但拥有的人还不占千分之一；虽然已经有了汽车，但班车少，也没人能搭得起。上山下地，无论远近，都要靠两条腿。干农活的地大多离家远，每天基本上要5点起床，吃好早饭后往往要走两个小时的路程才会到，下午一般4点半收工，到家差不多要6点半了，那才叫"从鸡叫做到鬼叫"，如此连续几天，铁打的人也快趴下了。有时侥幸遇上相熟的人开拖拉机捎带，真是喜出望外。

小孩跟着大人上山下地，凌晨走在路上是机械性的，一边走一边打瞌睡，脚步沿着公路走，全凭感觉。夏秋季白天时间长，只是累点；春冬季下田，要打赤脚，霜冻非把你手脚弄几个裂缝不可。

五

最喜欢夏季长假。

白天帮家里忙，月夜自营乐园。看了《地道战》，学着在溪边土壁上挖猫耳洞；看了《地雷战》，学着在路中间挖陷阱，专坑早上挑水的女人；看着抗战连环画里游击队队长用20响驳壳枪杀汉奸，学着折纸枪，推出一个"汉奸"让大伙抓。

如果白天大人没安排事儿做，玩的活儿就更"丰富"了：偷了柿子，埋在溪边的淤泥里，一周后就可以吃了；偷了番薯，再偷厕瓦，在溪边烤番薯片；玩腻了水，上岸偷橄榄；看到大人用鸟铳打猎，学着偷铁管子做枪，把火柴头剪下当火药，堵上棉花，枪也可以打出几米；看到大人用炸药炸鱼，就买鞭炮炮粉用作火药，偷些引线装上，再把玻璃瓶口封死，点了引爆，这是最危险的"傻玩"；没有汽车、坦克等玩具，用泥巴捏晒后系上小绳就搞定了；弄小木车则要花较多时间，初无方向盘，后"革新"配上，再后木轮进一步"改装"为轴轮。

最盼过年到来。

过年除了可以吃到鸡鸭鱼肉和白米饭外，更重要的是能得到一两角的压岁钱。压岁钱是少得可怜，但可以自主消费，最大用途是买鞭炮燃放：见路过的人没留意，就往尿桶里扔个炮仗，换得被溅到尿的人一顿臭骂；看到菜园哪个包菜圆了，就在其中挖个洞，再塞个"双响雷"，瞬间包菜变花菜。

也想听大人的聊天。

夏秋季偶尔农闲，大人们会聚在厅堂讲些小孩并不明白的诸如"山东大汉"等一些故事，讲着讲着就转到讲鬼了，讲得最多的是有关"高哥矮八"的鬼事：哪天凌晨，鬼提着索命链，狗吠得厉害，天亮了，隔壁的某某真就死了；某天，要抓个醉汉，结果反被醉汉踩了两脚，叫着躲开了；夜鸟叫了，鬼要来了；鬼来时，会在晾衣物的竹竿上轻敲着……大人讲得有头有脚，小孩爱听，听后又毛骨悚然，有的不敢回房睡觉。如果是在妇人堆，她们会讲些古代小姐"唱诗"的话题，小孩不懂不爱听，会缠着叫她们讲些乡谣，最为传诵的是《月光光》，易上口也略懂些。

六

做客是渴望而梦想的事，小孩是跟大人去的。

走亲戚是做客的一种。到了主人家，主人要煮上一份点心，主料是粉干、切面、线面、两个白煮蛋或一个煎蛋，油料中会有香菇丝、肉丁丝、黄花菜等，可口极了，小孩也有一份。客人不能把点心都吃掉，否则人家会在背后议论你贪吃和不懂事，所以都很客气地自己到主人的碗橱里拿碗，把点心减半；若是两个白捞蛋只能吃一个，若是一个煎蛋就可以全吃掉了。此举是为了顾及主人家的老人和小孩，他们也搭车分享一点，这些东西平时是基本吃不到的。正月做客或"送安"（添丁人家、亲戚都要送鸡面）做客，最有口福，主人下的点心是鸡汤线面和两小块鸡肉，能吃到这般点心那才是痛快之至了。再则，若小孩是第一次做客，主人要给"官到钱"（见面礼），红包外缠上红、黑葛线（意即"兴发"）。"官到钱"大概是五角，这钱大人是不能"贪"了的。

另一种做客是去喝喜酒。一张"八仙桌"安排12个人，满满的；跟随的小孩没席位不能上桌，主人安排一张小凳和一副餐具给带小孩的客人，小孩挨坐在家长身边。席间，每道菜大人均留一筷给小孩，自己则少吃些，因为不能"光盘"；上"白片鸡"时，主人把鸡肉边角分给小孩一小块。喜酒叫"三出头"，安排三道主食，此时客人可以开怀大饱一餐，一大搪瓷盘（即洗脸盆大小）的粉、面，客人吃后所剩无几；最后一道主食是白捞白粿，配约一市两重的三层肉，绝大部分客人也会吃完"份餐"。带小孩的家长要把主食的近一半分给孩子吃。

七

看电影是激动人心的事。过去除了限时段的"永泰人民广播电台",再无别的文化娱乐装点生活。电影院场面热闹非凡、人山人海,可见民众的精神食粮匮乏到了极点。

电影无非两类,样板戏"革命现代京剧"和"故事片""战斗片"。样板戏《红灯记》《沙家浜》《白毛女》《智取威虎山》终年在放,看多了,最后就算是免费了也没人看,我们甚至连每部电影的唱词都会哼几句。尽管如此,电影院还是不厌其烦地放,须知这是"政治任务"。而"故事片""战斗片",人们却趋之若鹜,一年之中只是偶尔看得了。这类影片基本是20世纪50年代拍摄的黑白老片子,比如《平原游击队》《铁道游击队》《地道战》《地雷战》《上甘岭》《苦菜花》《卖花姑娘》(朝)和《海岸风雷》(阿)等,故事情节很吸引眼球,观众是排山倒海似的涌向电影院,无论是日场的还是夜场的。

儿童票一张五分钱,小孩手上没钱,便设法看"白戏",手法有三种:一、跟电影院的工作人员套近乎,借口溜进电影院找个地方躲起来,不过能享受这种"待遇"的人不多;二、剪票时趁着嘈杂,紧揣"假票"(过场票)蒙混入场;三、翻爬围墙,在电影院的厕所围墙外凿洞,几个人轮流合作,凿三五个洞就能爬上去了,然后顺着厕所的柱子溜下去,算是入场了。

混入电影院才是第一步,随后的"游击战"要考验每个人的智慧了。"正场"("好看"片都加映政治宣传之类的"中央纪录片")开映大约20分钟后,佩红袖箍的工作人员开始检票。一看到手电筒闪晃,神经要高度绷紧,这边查则往那边匿,座椅下、厕所里、舞台下、银幕后、暗沟洞都是绸缪好的藏身之处。没经验的"跟班"只得自认倒霉，被"驱逐出境"。谢天谢地！检票员没叫家长来认领不受欢迎的"偷渡者"。

把握好时机看完一场想看的电影，那才真谓"透脚过瘾"呢！

八

农家孩子较迟上学，年龄都偏大，一是家里没钱（那时报名费一学期一块五角），二是要帮家里做些带弟妹、养禽畜等杂事。

上小学时是"文革"后半期，有几件事很多人不会忘记：

批判刘少奇。我们当时不知刘少奇是何许人物，课本称他是"叛徒、内奸、工贼"。在嵩口旧街横街银行门口，悬着他的布像：头戴资本家帽、长鼻子、花丑脸、脚套靴子。布像用绳子吊绑在电杆上，很是吓人。

文攻武斗。嵩口派和陈埔派长期对峙。有个晚上，双方动用了民兵武器在大桥头准备火拼，后来似乎没怎么开火。听参加的大人第二天早上议论：昨晚干了一整夜呢。横街的供销社三角店门板上，贴了好厚的白纸黑字大字报，今天这派贴，明天另一派覆贴，每天都是"新闻"。学校也有大字报，老师停课要大家写，这是任务，能见到的走廊空白处都贴上了"膏药片"，都没东西写了就写老师，被点到名的老师就这样无缘无故地被批判了。

批斗"四类"。地主、富农、反革命、坏分子叫"四类分子"，这批人平时下放到各个生产队劳动管制，工分最低；运动一来，他们要陪到底。有人被打倒，他们就要头戴高纸帽、胸挂纸牌、双手绑着站在他的身旁陪斗；一有什么政治活动，做公共卫生是最基本的活。

"批邓反右"。在大人那儿，我们经常听到议论邓小平的话语。有天早上，街上突然出现了"批邓，反击右倾翻案风"大幅白纸黑字标语，我们莫名其妙，不知是怎么回事。

"四人帮"倒台后，运动改为批判"四人帮"，依然是大字报，只是学生少写了，这活主要是老师干。当时形容"四人帮"为牛鬼蛇神，有个老师画得特别好特别像，他的课程主要是做这方面的漫画。

还有"反投机倒把""割资本主义尾巴""红卫兵、红小兵""千万不要忘记阶级斗争""无产阶级文化大革命胜利万岁"等政治口语充斥人们的大脑。

说起这些，不是为了忆苦思甜，而是为了不能忘却的历史。这个年代的人同社会共命运，是一个时代的缩影。

注：

①对现代人来说，番薯米是难求的健康食品，不过现在加工工艺精良多了，不洗粉。番薯收获后，制成丝，放在竹匾上晒干、储存。食用时，或煮稀饭，或蒸干饭。蒸薯番米饭，是先把番薯米放在开水锅中煮半透，用捞箄捞起沥干，放入饭甑隔水蒸，等饭甑冒大气时，番薯米饭就熟了。对于吃腻了大鱼大肉的现代人来说，番薯米饭是奢侈品。

⊙ 家乡的溪水 ⊙

家乡的溪,古老而深沉。我们住在溪旁、长在溪边,无论在何时,无论在何地,她在我们心中永远都是最美的。

一

家乡的溪,流淌过辉煌历史,因之载入史册。

宋代的卢氏家族,8位进士,其中的卢铖担任户部尚书;卢公还

创造了卢公文化，誉播天下。月洲张氏，在宋代创出50多位进士的盛举，名噪朝野，还培育出了圣君、元幹之风流人物。清代林氏，传承先祖，也走出三个进士。

母亲河培育了先人祖德孙贤的品格，明清时期人们争先恐后地为她乔装打扮，广建下坂厝、耀秋厝、下新厝、端公坂厝、下车碓厝等规模宏大的家业，换来今天历史文化名镇的传世美名。家乡的溪还广纳八方商旅，妈祖码头熙熙攘攘，德星楼下人山人海，货物压垮了石板，足迹磨平了街石。她每天都在忙碌着迎客送商，帆船楼市挤得她喘不过气来。

二

印象中，家乡溪水的情感是复杂的。

平静时，溪是可爱的。夏天的每天清晨，最先穿梭溪边的是挑水人，大人小孩都有，水桶是清一色的木桶。得忙碌半个小时。第二拨人上场了，妇女洗衣物，密密麻麻，一片雀声，这大约也有半个小时。溪边沉寂不久，没上学的顽童占领了阵地，在绿茵茵的草甸追寻着他们向往的童趣，这便成了孩子们的人间天堂。傍晚人最多，水中人头攒动，有男人、小孩，也有妇女。溪中的石块上，也经常有一群鳖趴在上面凑热闹。

愤怒时，溪是可怕的。经常发大水灾，湮没了石板、湮没了草坪；溪水不断上涨，水上漂浮着被洪水冲走的木料、家具、杂物；溪边的土壁不停地崩溃，洪水一卷，顷刻化为乌有。靠溪边住的人家终日不敢离开，紧盯着对面的巨石，一旦洪水越过石面，危险的警报就拉响了，意味着大水会漫到厅前。也有不怕死的，在溪边拣漂木，运气好会有大收获。但那是玩命的活，下车碓厝有个郑姓的人，就在拣柴时被大水冲走，一直漂到现在的观音亭潭。他命大没死，后来说在观音潭梦见观音现身救他。为谢恩，他带头建了新的观音亭。

三

直到20世纪70年代，溪道还是主要交通线。嵩口一带往外拉的原木基本上从水路走，放木排给人们以最大的溪的动感。春夏时节，水量较大，放排几乎是每天一景。木排下濑时，排头掌舵的，那一摇舵一闪腰，煞是英姿惹人羡慕。放排是一列接一列的，有时经过溪段要一个多小时。我们感叹：怎么会有那么多木头啊！看着看着，就情不自禁地学大人唱："放排头一去不回头，放排尾掉到后灶尾。"排工听到了，自然训骂一通，但木排过得太快，骂什么听不清也没人去理会。现在想想，真缺德。

赶不巧时，有的排就在水缓地带靠岸，排工锁好排后上岸，就地搭棚做饭过夜。溪边个别手脚不干净的人家，午夜时刻，等排工熟睡时到排上偷东西。舵是大棵杉木加工的，最上料，是首选战利品；固定木排用的篾绳，可以当火把，也是不错的可选物；排上的竹丁、竹圈可以用来搭过溪的小木排，也大把大把地被偷。有的木排没有备用的舵，舵被偷可害死了排工：要么等下一班排工到来，要么要找人家加工，往往要耽误好多时辰。

四

溪水陪伴了莘莘学子度过求学的黄金时代。"文革"结束后，国家恢复高考，过怕了农民生活的子女拼命通过考试来改变自己的命运。溪边是迎考学子读书的最好去处。清晨，榕树下、石头上，布满了晨读的少男少女。晨风清新，溪水轻漾，一边是农家的早活，一边是琅琅的书声。大樟溪见证了赶考学子的抗争进程。

学子的努力换来了高考的业绩。20世纪八九十年代，永泰二中高考成绩辉煌，一届比一届牛。二中的补习班名响全县，各校落榜考生慕名蜂拥而至，大班都要扩到一个班100多人，连破旧的礼堂舞台也排上班级；不管外界多么嘈杂，不管天气多么炎热，没有一个学生愿意落下。那是个不可思议的年代。那些年，二中人生活过得最踏实。

五

我家溪对面，有块嵩口最大的石头，远远望去，像一艘巨大的航母停泊在溪岸边。石上原有一座庙，所以人称那石为"阿弥陀佛"。后庙被水冲了，传有大钟一口掉在石下水潭，人称潭为"钟潭"。石后面是一片沙石滩，往里是溪湖村。石滩俗称"大屿坂"，因未归集体，就有人架着小木排到那儿开荒种李子和番薯。过往的人站在巨石上，像是小人国的人那样渺小。

巨石在多次洪水冲刷下越露越大，对水的阻挡力也越来越强；大水受阻后，水流冲向另一边，造成岸溪边1千米多地带的水土大量流失。为了防洪，20世纪80年代镇政府下决心炸掉巨石。巨石很硬，耗了很多炸药，炸开的小石片会飞到对岸屋顶上。费了数月，人们才把巨石炸平。炸开的石料，被拉到对岸筑水坝，整整修了三条高约5米、长约20米的防洪堤。此后，水流变缓，坡度下降，水道取直，这才控制住了这水来土崩的险象，人们再也不必因此担惊受怕了。

水患没了，水道改了，溪边的风景也消失了，绿荫毯被淤泥所覆盖，干净的溪石积满了厚厚的泥垢，青苔随处可见，溪边的人们再也不敢饮用溪水，溪水连洗衣物都派不上用场，童孩再也不去溪边嬉戏。

六

自从德化建了电站,家乡溪水的动脉就被掐了。20世纪70年代德化人大面积药鱼,家乡溪中的鱼被劫掠一空,被榨干了的大山再也分泌不出汩汩乳汁来滋养溪流。溪像衰竭的大象无力地抗争着,濑没了,潭去了,鱼鳖没了,溪床变得狰狞,溪水变得瘦弱,一切都在无力地呻吟着,就连芦苇丛也显得枯黄。家乡的溪,累了,累得连发脾气的力气都没有,她是那么的虚弱,宛如烛光中的母亲。每当站在溪边,我思忖良久,对比着两个迥异的画面,翻乱的心久久不能平静。

家乡的溪,她经历弹指岁月的变迁,看着人们的依恋和离去,任凭斗转星移,坚贞地守着,执着不息地奔向东方、追随大海,哪怕只有一朵浪花。

故乡的云雾

故乡的云,在广袤湛蓝的天空中,轻盈、清丽、洒脱,如花如雪;故乡的雾,浓似炼乳,罩着溪流,锁着山峰。

一

故乡的云是思念。

无论你走多远,故乡的云总在心中飘荡;没有云的人,是无根的浮萍。漂泊的游子,想起家,忘了伤痛、忘了挫折。步入家门,一声

问候、一个招呼，一种情怀、一行热泪。洋装在身或是行囊空空，踏入故土那一刻，一声"我回来了"，故乡的云都在张开双臂拥抱你。岁月催人老，沧桑改颜容，游子的心对故乡的云依旧那样的赤诚。

故乡的云是思恋。

我曾经彷徨迷茫，是你给了我启迪和方向；我曾经一无所有，是你给了我富有和胆识。踏上大学之路的片刻，你泪眼蒙眬；多少个日子，我写了一封又一封书信，可我没有勇气寄出；多少次回乡，我怦然心动，却始终没有回眸你一眼，因为我一直以为我们身处两个不同的世界。毕业了，你却走了，走得那么干净，连一丝云彩都没留下。错不在于你而在于我。每次回乡，我仰望蔚蓝的天空，再也找寻不到我心中的那朵云。

故乡的云是老酒。

回乡一聚，忆着昨天、聊着今天、说着明天，如尘封的老酒，慢慢品着，醇厚而亲切；土封开了，酒香四逸，饮得舒心，喝得实在；酒酣之际，壮起了胆，对故乡的云说："我还要继续努力。"天明打理行包，向云辞别：我出门了，下次回来。岁月如诗，人生匆匆，薄酒一杯，暗香盈袖，乡思云绕。

故乡的云，想不出华丽的辞藻来形容，写不出动人的故事来表达，唱不出美妙的歌曲来颂谒，念不出抒情的诗句来问候。

二

故乡的雾好浓好密。

每年采笋季节，恰逢雨季，雾缭绕山间，一层接一层地将人团团围住，能见度不足三五米；初次上山，如若没人带，定在山中被雾蒙得分不清东西南北。人只顾采笋，只知跟着笋跑，一圈下来，就感到腾云驾雾了。雾散去，发觉人离进山口并不远，这时才有安全感。采笋的人凡笋都采，大山的雾很不高兴地说：你们把笋都采光了。

故乡的雾好稠好重。

浓雾弥漫时，锁住山头要好几个时辰，山若隐若现，似乎隐藏着历史秘密。山后村后山有座"一门寨"，建于明清时期，已被毁许久。之所以叫一门寨，是因为当年为了防匪，人们只建造一个寨门。寨牢固，有次匪帮包围了几天久攻不下，便设计货郎卖杂货针线；寨中一女恰巧有需，不听告诫，开门买针线。乔装的土匪见时机来了，速将货担中隐藏的鹅卵石倒在门轴上，使寨门关闭不了，潜伏的匪帮趁机攻入寨内，烧杀抢掠，一个活口不留，后纵火焚寨。据老人传，当时寨中流出的血顺着涧流抵溪，溪水红了一大片。一门寨惨案没留下文字记载，仅是代代口传，以后的人们越来越说不好了。一门寨的雾是不散的冤云。

半山的炎里寺，建于南宋且规模浩大，可何时何因被何人毁，没人清楚。小时跟外公到寺边的山地锄番薯，带去的午饭常放在破寺里。每次外公都会叮嘱说：饭挂在柱上，上面放两片茅草。开始我很纳闷为什么要这样做。有次回来的路上问起了此事。外公说：炎里寺以前住的都是野和尚，专掠供香的妇女藏在地下暗道，犯了众怒，寺被人们烧了；这地方阴，茅草是"剑"，能制煞，以前有人放在里面的午饭失踪了好几次，放了茅草后都没丢过。说起暗道，我倒是有点印象。山坪的背后，整齐地竖立着一块块石板条，水经常往石板条的缝隙里流，人们怀疑里面是暗道。还有传得更悬的，说炎里寺藏有很多宝藏，但至今没人在那探掘过，许是太阴了吧。炎里寺周围时常起大雾，一锁就是大半天。炎里寺的雾是历史谜团的萦绕，其被毁的真正原因世人无法知晓。

故乡的雾好细好腻。

旧前，雾锁全镇司空见惯。往嵩口赶圩的山里人，走出关山后俯瞰嵩口：万物皆隐，茫茫一片。他们惊叫："哎呀！嵩口被大水淹了！"其实，这是溪雾徐徐升腾、弥漫笼罩的缘故。

阳春三月，草长莺啼，樟水荡漾，清晨溪边晨读，感觉这边独好。日出之前，水雾飘飘袅袅，似仙境灵气，如瑶池盈渺。多情的溪雾，追逐着浪花缓缓东去；鱼儿上濑，争先群跃，几可与人对语。身临梦幻之境，人如痴如醉。飘去的溪雾，给人一个笑脸：春播开始了，夏收还远吗？故乡的水雾是希望之雾。

我爱故乡的云雾，云是乡愁，雾是乡史。

远去的物种①

走遍乡村，之前见过的许多物种已渐渐远去，高粱、蓖麻、朴、烟草几乎看不到了，野生葛麻、烟草偶尔有幸瞥之，木薯也只稀疏碰到。母亲河大樟溪，痛失朝夕相处的伙伴，绵延起伏的父亲山也在遭受累累创伤。

一

高粱，草本植物，抗旱耐涝，按性状及用途可分为食用高粱、糖用高粱、帚用高粱等类，属于经济作物。我国栽培较广，以东北各地居多。食用高粱谷粒供食用、酿酒，糖用高粱的秆可制糖浆或生食，帚用高粱的穗可制笤帚或炊帚。

高粱在《县志》记载中称"黍"："一名芦黍，似芦。高丈余，穗黑色，实黄重。土宜高燥。一名'金钗黍'，粒大如绿豆。一名'犬尾黍'，茎叶类麦，粒同芥子。一名'玉烛黍'，粒大如豆，俗呼'腰边豹'。"

永泰引种的是食用高粱，且大部分是芦黍。20世纪六七十年代，相当多农家种植高粱作为副粮。高粱磨粉后，搓成糁状，蒸煮时加点甜味就是佐食了。高粱壳硬，手工磨粉怎么都不会磨得很细，难以进食，但吃点总比饿着好。

二

蓖麻，热带或南方地区多年生灌木或小乔木。

《本草纲目》记载："其茎有赤有白，中空。其叶大如瓠叶，每叶凡五尖。夏秋间丫里抽出花穗，累累黄色。每枝结实数十颗，上有刺，攒簇如毛而软。凡三四子合成一颗，枯时劈开，状如巴豆，壳内有子，大如豆。壳有斑点，状如牛。再去斑壳，中有仁，娇白如续随子仁，有油可作印色及油纸。"

《县志》对蓖麻的记载是："叶大如瓠，凡五尖。夏秋间花，穗累累，黄色。每枝结实数十颗，上有刺如蝟毛而软。枯时劈开，有子如豆，壳有斑点，状如牛虻。再斑壳，中有仁娇白，可压油。"

蓖麻的药用价值广：叶有消肿拔毒功能，治疮疡肿毒；鲜叶捣烂外敷，治湿疹搔痒，煎水外洗可灭蛆、杀孑孓；根有祛风活血、止痛镇静功效，用于治疗破伤风、癫痫、瘰疬、风湿疼痛、跌打瘀痛。

蓖麻的工业价值高：蓖麻籽榨油，黏度高、凝点低、耐寒温，在零下8-10℃不冰冻、高温500—600℃不变性，具有其他油脂所不具有的特性，是化工、轻工、冶金、机电、纺织、印刷、染料等工业的重要原料。

小时我们不知道蓖麻浑身都是宝，只是根据大人的经验懂得蓖麻籽可以治冻疮伤和破刺包，稍长些听说蓖麻油用于飞机上。那时大人们并不理会蓖麻的经济价值，我们在一些空地种上几棵，一年也会收入两三斤，一斤两角钱卖给公家的收购站，换点零花钱也是很窃喜的事。

三

木薯又称南洋薯、木番薯、树薯，主要分布于热带地区。木薯于19世纪20年代引入我国，后广泛分布于华南地区，以广西、广东和海南栽培最多，福建、云南、江西、四川和贵州等省亦有引种。

木薯的主要用途是食用、饲用和工业用，块根淀粉是工业制淀粉原料之一。世界上木薯全部产量的65%用于人类食用，是低收入农户食用作物之一。

该物种为有毒植物，其毒性为全株有毒，新鲜块根毒性较大。食用木薯中毒症状，轻者恶心、呕吐、腹泻、头晕，重者呼吸困难、心跳加快、瞳孔散大以至昏迷、抽搐、休克、呼吸衰竭死亡。食用木薯还可引起甲状腺肿、脂肪肝、视觉和运动神经系统受害等。

20世纪80年代前，种植木薯很普遍，加工的淀粉作为副食品原料，大多农家把木薯粉与番薯粉勾兑，蒸熟冷却后推细条，称"山东粉"。事实上大家都知道，吃了这东西人会不适，但无奈熬不过饥饿。

现在少数农户还有种植木薯的，但不再是家用而是售卖。不法商贩收购后卖给地下加工厂生产所谓的"粉丝"，这种东西吃起来滑韧，未知者喝彩"好货"，孰知腹痛、腹泻在等你来。

四

葛，亦称葛麻，属纤维植物，茎长近米，茎皮纤维可纺布，贫者穿用，一般用作夏服。

麻是麻类植物的总称，古代专指大麻，一年生草本，皮纤维长而坚韧。

葛、麻是古代重要的纤维作物，新石器时代长江中下游一些地方就已有种植，考古出土年代最早的麻品是浙江钱山漾新石器时代遗址出土的麻布和麻绳，江苏吴县草鞋山的新石器遗址出土了三块珍贵的葛布残片。这些距今都有近5000年的历史。

宋代前，麻布、葛布一直都是我国平民的主要衣料；宋末元初，因为棉花的广泛种植，棉布逐渐成为人们的主要衣料，服饰在质料上才发生了根本性变化。

葛、麻皮加工都很费时，采割后要经过浸泡、脱秆、刮皮、水洗、漂水、晾干等工序，麻皮加工时还要加甩打一道。葛产率低，麻产率较高。葛用途较多，织线、搓绳、纺布皆宜；麻用途少些，除打绳外就是编织麻袋，因质地粗而硬，少用作织布。我们今天只有在丧事场合才会看到麻服、葛服，子辈着麻服、孙辈着葛服。

五

"朴，落叶乔木，叶椭圆形，上部边缘有锯齿，花细小，色淡黄，果实球形，黑色，味甜可食。木材可制器具。"这是目前能查到的有关"朴"的信息。

朴果冻，已少有人知晓了，就是我们这个年代的人也知之甚少。小时见过的朴，盘在墙头上，很旺，果子不大。收成时，主人家采下，磨细后滤洗、沉淀，再加工成"冻"；售卖时，先用小竹片划成小块，泡在桶装井水里些许时间，之后再捞起加入新鲜井水、少许糖，那吃起来真可谓"仙味"：透凉心田，爽极了。现代化时代，代之而起的是"仙草冻"，其味远非朴果冻那么沁心，难以入口，且不说用料，就是那碱味也是倒胃的。

长成树状的朴，我见到的就嵩口月洲村桃花溪边的那棵。这棵朴树，根又长又粗，紧贴石壁有数米之长，根与壁形成天然水沟；干又壮又大，四人合抱不住；枝繁叶茂，硕果垂目缭乱。"月洲朴树"目送了无数月洲的仕宦名人。

六

烟叶，一年生草本，茄科，植株被腺毛，高约1米；叶柄不明显或成翅状柄，用手摸起来，叶发黏；圆锥花序顶生，花萼筒状，花冠漏斗状，形似军号，末端粉红色；蒴果，种子黄褐色；为烟草工业的原料。

烟草原产美洲，新航路开辟后传往世界各地，史料考证传入我国有四条路线：

（1）明万历之际始于闽、广之间，后传苏、鄂等地；国外大本营在菲律宾，中转站是台湾，漳州是第一线上的第一站。

（2）明天启年间从南洋一带进入广东境内，再往北传。

（3）明天启年间从东北输入，日本—朝鲜—辽东半岛；时清已于沈阳建治，清太宗曾下令严禁贩卖，故种植者极少。

（4）从俄国传入新疆，时间稍晚于前三线，肇始于18世纪下半叶，兴盛于20世纪初。《新疆农业》载："所产之烟，系黄花烟，又名莫合烟，以伊犁为著。"

以前民间种植烟草很普遍，这种状况一直延续到国家专卖立法。困难时期，人们多食吸旱烟（土烟），时有专门偷偷从事烟草种植、烟叶烟丝加工的一批村民，虽然市场不允许贩卖烟丝，但为了营生谋利，仍有人甘冒货被没收、人挨批斗的风险；烟具五花八门，常见的有：老辈的用水烟壶、稍长的用烟杆（竹竿加金属头）、年轻的用喇叭筒（纸卷）；后来市场上销售卷烟纸，人们就学着自己卷烟，小木盒装上厚塑料膜就搞定一个土卷烟机。旱烟很呛,看着大人吞云吐雾,有时未成年人也偷学着抽几口,不是滋味——又浓又辣。

改革开放后,国家加强对市场的监管,私自种植烟草慢慢被禁止,同时国营企业加大卷烟产量、提高卷烟质量;再则,生活水平提高了,村民也不想再抽土烟,土烟丝失去了市场,自然没人再去加工土烤烟叶和土制烟丝。20世纪80年代之后民间偷种烟草的现象逐渐消失。现在,我们只是时而看到一两株野生烟草(获准的大面积种植例外)。

七

鲈鳗鱼是降海产卵的洄游性鱼类,能分泌大量黏液以保持身体的湿润,故可在陆地上做短距离的迁移或捕食;身体粗长似蛇状,尾部侧扁,体背侧及鳍呈灰褐色或灰黄色,全身具多数不规则花斑,为周缘性淡水鱼;肉食为主,夜行摄食,食物以小鱼、小虾、水生昆虫为主,亦食蟹、蛙、蛇及嫩笋;可在溪河中生活达数十年之久。

鲈鳗鱼是大樟溪的古老生物,《县志》载:"形似鳗,而头有两耳,背有黑斑。大者数十斤。能登陆食茭笋,故名芦鳗。"[②]

永泰县鲈鳗,主要生活于大樟溪上游的洑口溪溪段,生长期很长,生存条件要求较高。早期人们对鲈鳗鱼的捕捉量还不大,20世纪80年代以来社会对鲈鳗鱼的需求量逐年加大,鲈鳗鱼的市场价格一路飙升。贪婪的市场推动渔者无尽捕捉,加之环境污染,近年来鲈鳗鱼已基本绝迹,是濒危物种。

八

鼋俗名沙鳖、蓝团鱼,是鳖科动物中体型最大的一种,可长到长约2米；已经极度濒危，属于国家一级重点保护动物。

鼋，世人视之为吉祥动物，因此古代寺庙的放生池里会经常看到它。潜伏捕食，肉食性为主，摄食有甲壳类动物、软体动物、鱼、水生植物；一天只换气两次，浮出水面时一般是头部朝下，在夏季有时也会头部朝上，民间则认为这种行为预示着暴风雨即将来临，因此称其为"气象预报员"。

鼋亦是大樟溪物种之一，《县志》曰："鳖类。《尔雅·翼》：'鼋之大者，阔或至一二丈。'"崔豹的《古今注》解释更形象些："鼋，一名河伯使者③，其形，穹脊而连胁，其势，踞洲渚而击奔流。"

嵩口的德星楼外、大桥下有一深潭，俗称"楼下潭"。小时我听大人们讲潭中曾有只大鼋，其上浮水面时背有簸箕大，即相当于直径80厘米。这是20世纪五六十年代的事，70年代德化毒鱼，殃及整条大樟溪，这只大鼋从此绝迹。

九

石鳞，即棘胸蛙，又名石鸡、棘蛙、石蛙、石蛤等，是我国特有的大型野生蛙。石鳞属水栖型中流水生活型蛙类，喜穴居生活，主要分布在南方，是南方丘陵山区生长的一种名贵山珍，因含丰富的矿物质元素，所以被美食家称为"百蛙之王"。

《县志》记载石鳞说："蛙属。一名'锦袄子'，生山涧中，又名'谷冻'或名'骨冻'。捕者夜燃松脂，是物见火辄醉，照之便为所捕。"

石鳞，肉质嫩白、味道甘美、营养丰富，列为宾馆、酒家推崇的山货名菜，亦是人们难得的珍稀佳肴，且具有滋补强身、清心润肺、健脾肝补虚损、解热毒治疟疾等功效，故有"山珍"之称。也正因此，人们自20世纪80年代初以来不间断捕捉石鳞,同时森林被大面积破坏,致使永泰县的石鳞分布区域逐渐缩小,现仅在一些偏远的植被较好的山涧尚有少量存活。

十

鹰,泛指小型至中型、白昼活动的隼形类鸟,包括苍鹰和雀鹰;肉食性动物,捕捉老鼠、蛇、野兔、小鸟、家畜,大型的鹰雕,可以捕捉山羊、绵羊、小鹿,动物学上称它是猛禽类。我国常见的鹰有苍鹰、雀鹰和松雀鹰三种。

《县志》对鹰的记载是:"鹰,一名颊鸠,鸷鸟也。《礼·月令》:'孟秋,鹰乃祭鸟[④]。'"

我没有认真考证过永泰县的鹰属于哪种,但我们确实曾经多次见到鹰翔、听到鹰叫。

鹰在空中盘旋时常会发出叫声,人们就知道鹰来了;为防家畜被叼,农户常以大声吆喝来驱赶鹰。农家小孩弥月,长辈往往抱着上盖斗笠的小孩,手执竹条,口喊"哦去",在家外的弄道上绕一圈,这叫"赶鹰",此举据说会使孩子壮胆。

大约在20世纪70年代初,鹰在永泰县消失了:一则因人们的狩猎,都说鹰头可以治人头晕病,很有市场;二则鹰失去了自然生存空间。这么多年来,我们再也没见着鹰光顾永泰。

远去的物种,被富裕起来的人们渐渐疏远和摧杀,也许有一天会在我们的视野中消失。想想前途黯淡的它们,不免有些伤感。一些物种的退出,从追求经济收入来说,是农家生活水平提高的写照,更是社会发展进步的标志;但是一些物种的减灭,是人们对大自然恶性攫取的结果。

注:

①本文中的词条词义参考《汉语大词典》。
②"芦"应为"鲈"。
③《神异经·西荒经》:西海水上有人乘白马,朱鬣白衣玄冠,从十子童子,驰马西海水上,如飞如风,名曰河伯使者。
④祭鸟,鹰杀鸟而陈之,若祭。

◦ 史蕴聚善堂[1] ◦

永泰嵩口月阙村旁有座半新旧民居"聚善堂",墙高院深,占地约 2000 平方米,常年户门紧闭,外人没什么印象。

一

之所以谓之半新旧,从民国厝契看,1928 年前厝已盖好,有点年代;从嵩口古民居群落而言,它上不了榜。

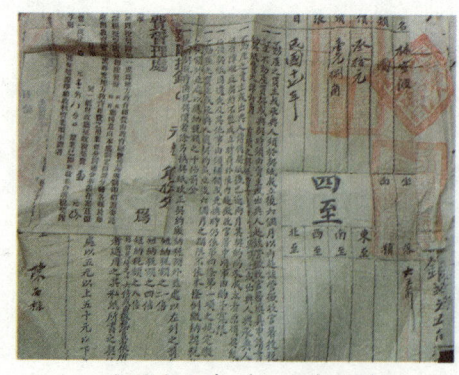
民国十七年(1928)厝契

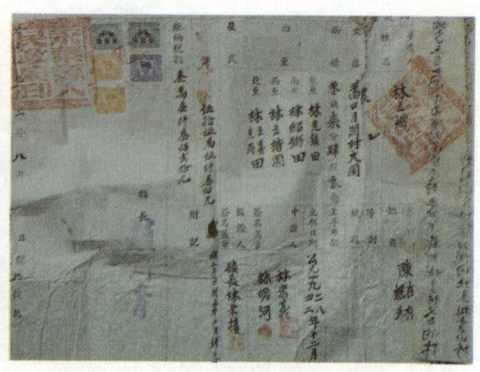
1952 年厝契

聚善堂建造者林立炽祖居端公坂厝,端公坂厝名"继善堂",立炽自命新居"聚善堂",从文化传承而言,强调儒家思想"善",祖辈承"继德",晚辈沿"聚德",更讲德义。立炽在邻里口碑不错,也正因此,"文化大革命"中他家未评上"地主"身份,在"阶级斗争"的非常时期"逃过一劫"。

立炽手上没留下什么值钱的遗产,一对桌椅还算有点古香古色,难得的是其结婚纪念物一对小花瓶还留存下来。

立炽善于经商,开过店铺、贩过木头等,至今尚可观其商业踪影:"宝亨"商号(米斗底署名)、"福隆酱园"店号、木头记号"铁戳印"、茶油罐、数钱器、小钱屉。

"宝亨"商号　　　　铁戳印　　　　瓷油罐

数钱器　　　　　　　　　　　小钱屉

可贵者，数钱器底镌有"国货胜利出品"字样，此非简单的商业广告，更重要的是其中折射出爱国思想的信息。近代中国工业落后，外国工业品在中国市场上大量倾销，所以"洋货"充斥市场，如"洋油""洋火""洋布""洋铁""洋纱""洋船"等。历史上爱国商人为了救国，曾多次掀起抵制洋货运动，其中以抵制日货、美货为最。这一镌刻反映了工商业者抵制洋货、倡导"实业救国"的爱国情怀，有助于唤醒国人爱国意识。

二

聚善堂与嵩口地方历史文化有些关联。

社会主义三大改造时，聚善堂在嵩口旧街的店面均被政府"赎买"，立炽弃商改行"地下加工"（当时政策未放开），酿造"嵩口酱油"。嵩口酱油俗称"白示油"，制作有一套严密的工序，对黄豆和酵母的要求都很高，是嵩口独创的传统手工业产品；嵩口酱油色淡味醇，不含任何添加剂，耐人回味；嵩口的传统小吃"早米粿"（九重粿），没有蘸"白示油"和地道的嵩口陈醋，吃的口感是很乏味的。聚善堂的酱油加工手艺只单传到子辈，即将失传了。

公社化时期这儿是月阙大队的"大食堂"。"大跃进"说三年实

酱油缸　　　　　"福隆酱园"账本　　　当年行军壶　　　柱联

现共产主义,人们亦即提前进入大公有制、过"按需分配"的生活,这就是办"大食堂"的缘由。聚善堂没有留下这个时代印记。

20世纪50年代嵩口建大桥,来了一支工程兵,团级及干部家属均住聚善堂。那时,此处办过短期的军属幼儿园。后人可从部队整修的防护栏、军人的行军壶、柱联上的"幼儿班教育"等存物,来想象当年部队生活、工作的某些场景。

改革开放伊始,聚善堂是嵩口闽剧团的办公场所,楼上墙壁挂有十几面锦旗,锦旗落款表明嵩口剧团外出演出获得好评,说明当时嵩口闽剧团蜚声在外、盛极一时。剧团属于公社(乡镇)级,介于专业与业余之间,有公社干部和文化站人员参与组织,经济独立核算,在县内外巡回演出。剧团办过两次:第一次是1958年9月—1960年7月,活动范围在县内及尤溪、闽清、古田、闽侯,其中的《十二月花》《四老大娘夸公社》参加晋江地区会演。1979年12月再办,剧目有《借女冲喜》《棒打薄情郎》《海瑞斩严辉》《知府拜香》《白雪阳春》《真假统制》,活动区域主要在外县的闽侯、尤溪、闽清、南平、宁德、周宁、寿宁、长乐、罗源、古田、福州,《知府拜香》获县一等奖。

剧团留下的物品除锦旗外,还有几面鼓。有趣的是,鼓的底面留有鼓商的圆章广告词:"福州许顺兴锣鼓响器号,各地闽剧团用,修换大小革鼓皮,817中路191号。"

获奖锦旗　　　　　　　鼓面、鼓底

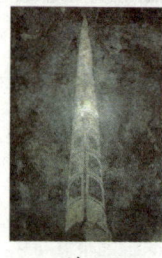   

镇纸　　　　花盒　　　　笄箕、点心盒　　花瓶

在聚善堂，人们还可感知一些农耕时代的气息，这些物品，已经被绝大多数农家弃用了。如：疑是"化石"的镇纸，据其家人介绍此物乃祖传"镇宅之宝"；钳口瓷瓶有点年限，可无落款年间；还有草织花盒②、竹制笄箕③、藤编点心盒④等。

聚善堂建于民国时期，在同期的嵩口民居中算是规模大的一个，且有一定的地方文化底蕴，是历史的一个侧影。然疏于维护管理，面目全非，在古镇文化兴起的当今，确为憾事。如若加以修缮整饬、物品整理、恢复改造，以古民居端公坂厝、协庆厝为依托，可为古镇文化旅游增添亮点。此举，两全其美，何乐不为？

注：

①林懋为本文提供实物资料图片。

②花盒，旧时女人装纸花器物。

③方言。笄箕，装葛线容器。葛拔细后联成线，叫"扎笄"，是纺葛布、搓葛线的第一道工序。笄线先置于笄箕中，晾干后绕成线球。

④点心盒，主要用于提送点心或储藏糕点果品。

◉ 儒洋染西霞 ◉

东坡村位于嵩口镇北部,东邻月洲、西连盖洋、南接下坂、北毗三峰,距镇3千米,村落总面积12平方千米,有阔濑、东坡两个自然村。村内的西霞厝,在嵩口古民居文化中堪称"中洋合璧"。

一

西霞厝既传承文化而书香飘第,又独树一帜而个性迥异。

其一,以儒家经典修家。

门额横联"爰得我所""职思其位"各引自儒家经典《诗经》《周易》。

"爱得我所"语出《诗经》之《硕鼠》:"硕鼠硕鼠,无食我黍!三岁贯女,莫我肯顾。逝将去女,适彼乐土。乐土乐土,爱得我所!""爱得我所"原意是"安居的好去处",房主之意是"找到安居乐业的乐土"。

"职思其位"词出《周易·艮》:"《象》曰:兼山艮,君子以思不出其位。"本意:考虑事情不超过自己的职责能力范畴,不把精力浪费在自己其实并不了解也无法施加影响的事情上,知道什么是自己该做的和不该做的。主人借喻诫勉族人矩守分、实做事。

其二,以科考、功名齐身。

厝内"捷报"多处,可辨析者有三。之一:有"陈云□""乡荐中式""京报"字样,表明主人"陈云□"中过举人;之二:从"中式"残存的字迹看,估计是"闱中式"①,说明厝内有人中过秀才以上的功名;之三:"贵府老爷陈际唐奉旨准授布政使司理问②,遇缺即补,荣任高升。"

其三,以诗佳作明心境。

墙头诗录自唐朝司空图③的《二十四诗品》。东南边的为第四品《沉著》:"绿林野室,落日气清。脱巾独步,时闻鸟声。鸿雁不来,之子远行。所思不远,若为平生。海风碧云,夜渚月明。如有佳语,大河前横。"西南边的为第六品《典雅》:"玉壶买春,赏雨茅屋。坐中佳士,左右修竹。白云初晴,幽鸟相逐。眠琴绿阴,上有飞瀑。落

花无言，人淡如菊。书之岁华，其曰可读。"

其四，借题大胆求自由。

书斋墙上的彩绘中有琴、棋、书、画四个场景，取材于《联芳楼记》④。《联芳楼记》是明代小说《剪灯新话》⑤中的一篇反叛型爱情小说。明朝中后期资本主义萌芽，市民文学繁荣，反封建民主思想产生，市人要求冲破封建礼教的禁锢，追求个人幸福。《联芳楼记》反映了新生产方式出现后的时代要求。

二

陈氏族谱记载：从明代朱元璋时开始，就有族人在官船做水手，往来于琉球群岛⑥与福州之间；但是壁画并未以中国和琉球的关系为题材，反而体现阿拉伯风格的人物和建筑。

阿拉伯古称大食。7世纪中唐代文献将阿拉伯人称为多食、多氏、

大寔;10世纪中以后的宋代文献多称作大食。大食帝国与唐王朝大致建立于同时,7世纪后半期起双方交往日益频繁;唐末宋初,阿拉伯商旅行人大量聚居于广州、泉州、洪州(南昌)、扬州等地,多者达数万人。

西霞厝"洋彩",今人或曰是"海上丝绸之路"画,或云乃"郑和下西洋"画,更有甚者,两者混谈。

先说郑和下西洋。

郑和船队,从南京龙江港起航,在江苏太仓的刘家湾集结,再停泊长乐的太平港,以候季风。东北季风来临,郑和船队从闽江口出发,历经爪哇、苏门答腊、苏禄、彭亨、真腊、古里、暹罗、阿丹、天方、左法尔、忽鲁谟斯、木骨都束等30多个国家,最远曾达非洲东岸、红海沿岸⑦。

有三个问题质疑"洋彩"的"郑和下西洋论":

(1)明代官方海外经济关系叫"朝贡"⑧,郑和船队以宣扬明威为目的,不具真正意义上的商业活动性质。

(2)对比郑和的船只,画上的船,明显为民船非官船;画上的建筑物为富宅而非官邸,画面亦无外交礼仪场景。

(3)陈氏即使有人在郑和船队当船工,在讲究门第之别的中世纪,船工不可能逾越社会鸿沟而与国外豪门有深交之缘。

所以,"洋彩"反映陈氏先祖随郑和下西洋之说,于理不通、与事不符。

再看海上丝绸之路。

宋元时期,我国造船技术、航海技术大幅提高,加以指南针运用于航海,全面提升了商船远洋航行能力,私人海上贸易也得到快速发展,由此引发的大规模海外贸易活动史称"海上丝绸之路"。丝绸之路港口有广州、泉州、宁波主港和其他支港,中心航线是南海—中南半岛—印度洋—红海—东非—欧洲[9];我国输往世界各地的主要货物有丝绸、瓷器、茶叶。泉州成为当时国内第一大港,与埃及的亚历山大港并称世界大港,泉州是被联合国教科文组织承认的海上丝绸之路起点之一。

支持"洋彩"的"海上丝绸之路论"理由会充分些:

(1) 古代嵩口,"五县"商品汇聚地,货物经大樟溪输往闽江口,转运泉州后出海漂洋。

(2) 出洋的巨商与阿拉伯的富商,地位相等,因此他们才有机会深入了解阿拉伯的风土人情,留下深刻的印象,回国后作画纪念。

(3) "民船""富宅"可证双方乃民间商贸往来。

(4) 画者必须有很好的文化、绘画功底。西霞倡导"读我书",族人具备这个素养。

综合以上信息,可以推测:西霞厝先人在海外有与阿拉伯人交往的经历,"海上丝绸之路"为其最佳途径。

西霞厝的最大历史价值有二:其一,受商品经济发展的影响,主人追求、憧憬婚姻自主、恋爱自由,赞赏李贽、黄宗羲等人思想,斗胆挑战"正统";其二,厝主涉洋意识形态鲜明,在封闭的封建时代里亦是个难得的创举。此二者,在嵩口古民居文化中均居领先地位。

注：

①闱，科举时代对考场、试院的称谓；中式，固有的格式，指科考模式。

②明清时，"理问所"为布政使司所属机构，设理问一人，初为正四品，后为从六品，下属有副理部、提控案牍各一人。

③司空图，河中虞乡（今山西运城永济）人，晚唐诗人、诗论家，字表圣，自号知非子，又号耐辱居士，祖籍临淮（今安徽泗县东南），唐懿宗咸通十年(869)应试擢进士及第；天复四年(904)，朱全忠召为礼部尚书，司空图佯装老朽不任事，被放还；后梁开平二年(908)，唐哀帝被弑，他绝食而死，终年72岁。司空图成就主要在诗论，《二十四诗品》为不朽之作，《全唐诗》收其诗3卷。

④《联芳楼记》节录：

吴郡富室有姓薛者，至正初，居于阊阖门外，以粜米为业。有二女，长曰兰英，次曰蕙英，皆聪明秀丽，能为诗赋。遂于宅后建一楼以处之，名曰兰蕙联芳之楼。……

其楼下瞰官河，舟楫皆经过焉。昆山有郑生者，亦甲族。其父与薛素厚，乃令生兴贩于郡。至则泊舟楼下，依薛为主。薛以其父之故，待以通家子弟，往来无间也。生以青年，气韵温和，性质俊雅。夏月于船首澡浴，二女于窗隙窥见之，以荔枝一双投下。生虽会其意，然仰视飞甍峻宇，缥缈于霄汉；自非身具羽翼，莫能至也。既而更深漏静，月堕河倾，万籁俱寂，企立船舷，如有所俟。忽闻楼窗哑然有声，顾盼之顷，则二女以秋千绒索，垂一竹兜，坠于其前。生乃乘之而上。既见，喜极不能言，相携入寝，尽缱绻之意焉。……

至晓，复乘之而下。自是无夕而不会。……

又一夕，中夜之后，生忽怅然曰：我本羁旅，托迹门下。今日之事，尊人罔知。一旦事迹彰闻，恩情间阻，则乐昌之镜，或恐从此而遂分。延平之剑，不知何时而再合也。因哽咽泣下。二女曰：妾之鄙陋，自知甚明。久处闺闱，粗通经史，非不知钻穴之可丑，榪楑之可佳也。然而秋月春花，每伤虚度；云情水性，失于自持。曩者偷窥宋玉之墙，自献卞和之璧。感君不弃，特赐俯从。虽六礼之未行，谅一言之已定。方欲同欢衽席，永奉衣巾。奈何遽出此言，自生疑阻？郑君郑君，妾虽女子，计之审矣！他日机事彰闻，亲庭谴责，若从妾所请，则终奉箕帚于君家。如不遂所图，则求我于黄泉之下，必不再登他门也。生闻此言，不胜感激。

未几，生之父以书督生还家。女之父见其盘桓不去，亦颇疑之。一日，登楼，于箧中得生所为诗，大骇。然事已如此。无可奈何，顾生亦少年标致，门户亦正相敌，乃以书抵生之父，喻其意。生父如其所请。仍命媒氏通二姓之好，问名纳采，赘以为婿。是时生年二十有二，长女年二十，幼女年十八矣。吴下人多知之，或传之为掌记云。

⑤《剪灯新话》，明代文言短篇小说，中国十大禁书之一，共载传奇小说4卷20篇、附录1篇，作者瞿佑。《剪灯新话》在洪武十一年（1378）就已编订成帙，以抄本流行。此书为中国历史上第一部禁毁小说，描写男女之爱、人鬼相恋之情。

⑥古代琉球主要指琉球列岛即现在的日本冲绳县；原来是中国的一个附属王国，于19世纪70年代被日本吞并。

⑦郑和下西洋到过当时33个国家和地区，现在国家划分包括越南、泰国、柬埔寨、印尼、马来西亚、新加坡、文莱、孟加拉、印度、斯里兰卡、马尔代夫、也门、伊朗、阿曼、沙特阿拉伯、索马里、坦桑尼亚、肯尼亚。

⑧朝贡贸易，古代封建政府与海外诸国官方的进贡和回赐关系，未具商贸性质。

⑨历代海上丝路，可分三大航线：

东洋航线：中国沿海港口至朝鲜、日本。

南洋航线：中国沿海港口至东南亚诸国。

西洋航线：中国沿海港口至南亚、阿拉伯和东非沿海诸国。

⊙ 永泰状元 ⊙

永泰科考状元榜建树于宋代。

《永泰县志》（民国版）之选举志：

（1）绍兴十八年（1148）戊辰王佐榜：武举柯熙，第一人，省试亦第一人，除武学谕官成忠郎。

（2）乾道二年（1166）丙戌萧国梁榜：萧国梁，第一人，太子侍讲兼礼部郎官。有传。

（3）乾道五年（1169）己丑郑侨榜：郑侨，第一人。观文殿学士。有传。按，侨与萧国梁、黄定7年之内相继唱首。当时有"百里三状

元"之语。而侨所居龟岭，濒兴化界，幼馆陈俊卿①门，以兴化籍登第，故一统志、宏治志皆以侨为兴化人。其实则永人也。

（4）乾道八年（1172）壬辰黄定榜：黄定，第一人。道光通志：龟年从子，国子祭酒。有传。

（5）淳熙八年（1181）辛丑黄由榜：武举第一人，江伯虎，字君用（原名南强，唱名日御笔改进名）。

按：明万历志，此科无江伯虎。江氏前后两科蝉联两榜，于理不通。拟按万历志作淳熙十一年（1184）榜为当。本志《名胜志·坊表》中江伯虎武状元坊条亦注为淳熙十一年（1184）武举正奏第一人江伯虎立。

（6）宝庆二年（1226）丙午王会龙榜：黄复，知兴化县，太学两优，释褐第一人；张景忠，秘书少监。

（7）绍定五年（1135）壬辰徐元杰榜：武举释褐，黄东叔。

《永泰县志》（民国版）之坊②表：

（1）东状元坊：在县治东，为宋乾道二年（1166），状元萧国梁立。

（2）西状元坊：在县治西，为宋乾道五年（1169），状元郑侨立。

（3）状元坊：在一都，为宋乾道八年（1172），状元黄定立。

（4）武状元坊：在八都，为宋淳熙十一年（1184），武正奏第一人江伯虎立。

（5）太学两优释褐状元坊：在二十五都，为宋武释褐第一人张景忠立。

（6）武释褐状元坊：在十三都，为宋武释褐第一人黄东叔立。

宋科举，甲科而外，又有武举③、正奏④、特奏名⑤、恩赐⑥、释褐、射中、推恩⑦诸科。

释褐，原意指做官，谓脱去平民服装而换上官服。科举时代指新登第者发榜后按规定进行的一种仪式。宋制，平民穿黑色或白色衣服，低级官员穿绿色公服。太学两优，王安石变法，在教育方面于中央最高学府太学颁行《三经新义》，推行"三舍法"，即用学校教育考试办法取代科举考试。"三舍法"把太学生分为外舍、内舍、上舍三等，外舍2000人，内舍300人，上舍100人。初入太学的为外舍生，外舍生升内舍生，内舍生升上舍生，皆以学行考查和考试成绩为依据。朝廷每年派官员到太学出题考外舍生一次，称为"公试"。"公试"成绩列第一、第二等并获得校定者，方可升入内舍。内舍生每月考核行艺，每季进行"季选"，每年给予30名积分最多的内舍生"校定"，分为"优""平"两等。"公试"得优等、校定亦获优等者，即可升为"上舍上等"，获得者被恩赐在太学之"化原堂"举行释褐礼，仪式极为隆重，该功名当时称为"两优释褐"。"两优释褐"第一名即"两优释褐状元"，简称"释褐状元"或"释元"，其资格与进士同等。

封建科举，"第一"是绝对的。永泰县名列第一的有：柯熙、萧国梁、郑侨、黄定、江伯虎、黄复。县志还做了两个特别说明：萧国梁、黄定为永泰籍考生，郑侨因师从陈俊卿、于兴化报考被误认为兴化考生；江伯虎考取功名的时间在记录上有误，特正。

封建社会，立坊是政府行为。专制时代，下级绝对服从上级，地方绝对服从中央。因此，立坊是可信的。永泰县科考获得立坊的有：萧国梁、郑侨、黄定、江伯虎、张景忠、黄东叔。

从上述看，永泰状元应有8名：文状元4位（萧国梁、郑侨、黄定、黄复），武状元4位（柯熙、江伯虎、张景忠、黄东叔）。本人前作《热土》"状元目"有关陈述不足，此正。

注：

①陈俊卿，字应求，莆田县白湖（今城厢区阔口村）人，官至左相。

②牌坊，汉族特色建筑文化之一，是封建社会为表彰功勋、科第、德政以

及忠孝节义所立的建筑物；也有一些宫观寺庙以牌坊作为山门的，还有的是用来标明地名的。又名牌楼，为门洞式纪念性建筑物，宣扬封建礼教，标榜功德；也是祠堂的附属建筑物，昭示家族先人的高尚美德和丰功伟绩，兼有祭祖的功能。

③武举制度创始于唐代，兴盛于明清两代。

④正奏，宋朱弁《曲洧旧闻》卷三："状元之目始自辟召，而本朝科举，取士之法合以省试正奏第一名当之。"《宋史·选举志二》："是岁，始定依汴京旧制，正奏及特恩分两日唱名。"《续资治通鉴·宋哲宗元祐三年》："经明行修进士及该特奏而预正奏者，定著于令，遂升一甲。"

⑤特奏名，宋代科举制度的一种特殊规定：考进士多次不中者，另造册上奏，经许可附试，特赐本科出身，叫"特奏名"，与"正奏名"相区别。《宋史·选举志一》："开宝三年，诏礼部阅贡士及十五举尝终场者，得一百六人，赐本科出身。特奏名恩例，盖自此始。"《宋史·选举志一》："二十一年，御试得正奏名四百人，特奏名五百三十一人，中兴以来，得人始盛。"

⑥恩赐，原指帝王赏赐臣下，泛指因怜悯而施舍。语出《后汉书·安成孝侯赐传》："（帝）时幸其第，恩赐特异。"

⑦推恩，广施仁爱、恩惠于他人，古代指帝王施恩。

⦿ 教 会 办 学 ⦿

美国传教士伊芳廷①，于光绪二十七年（1901）来永泰传教，次年在马祖庙（天后宫）边租民房一间办学塾，招收十多名学生。这是西方教会在永泰办学的开端。

教会办学，分三个层次——中学、小学、幼儿。中学除办格致中学校和育德女学校（1902）外，另有青年会、青商会。

民国四年（1915）秋伊芳廷在县城兴建青年会，民国五年（1916）基督教青年会学校在上马衖（今上马路）成立。之后，伊芳廷还在嵩口等地办青年会。

嵩口基督教堂旧址

嵩口青年会旧址

基督教青年会1844年由英国商人乔治·威廉创立于英国伦敦，希望通过坚定信仰和推动社会服务活动来改善青年人精神生活和社会文化环境。青年会依据《圣经新约》马可福音第10章第45节的经文，以"非以役人、乃役于人"（即不要受人服侍、而要为人服务）为会训，教学上侧重于平民化基础教育，主张"灵德"养成和"除文盲、作新民"。

青年会活动1851年传到美国后，逐渐从宗教活动的青年团体发展为以"德、智、体、群"四育为宗旨的社会活动机构，发扬基督社会福音、实施社会改造计划。

我国基督教青年会创建于1895年，以"发扬基督精神、团结青年一代、养成完美人格、建设完美社会"为目标。1912年6月经全国协会呈请，中华民国内务部正式批准青年会全国协会立案。

由于世殊事异，青年会在永泰虽有一段活动历程，但后人难以从中了解到什么，唯有嵩口留下一些实物：教堂、会址、照片。

嵩口基督教堂、青年会均建一处，新中国成立后其资产归公有，教堂曾是嵩口第八建筑社办公地和街道卫生所；"青年会"则作嵩口小学二学部用，后作嵩口街道居委会（嵩口社区），沿用至今。

二

教会办学内容后来增扩，兼而进行中等专业人才培养，青商会即其中之一。

青商会全称"青年会高级商业职业学校"，美国基督教会创办，旨在培养中级财政、会计人员；民国廿七年（1938）内迁台口上街，以基督教堂为基本校舍，于近处修建简易食堂、宿舍、教室和租用部分民房为辅助校舍。

台口青商会旧址

全校共有 12 个班,从初中到高中,学员近 600 名,春秋季皆有毕业生。课程设置分为普通课、专业课和基础理论课(初高中基本相同)。普通课有国文、英文(含英文法、英商函)、数学、物理、化学、历史、地理、公文、应用文、体育、军训,专业课设商业会计、政府会计、成本会计、主计会计、银行会计、统计、簿记、货币、珠算,基础理论课开经济学、广告学、商业法规。学校经费来自教会拨款和学员学费,学员学期学费每生约 150 斤大米。

青商会学风严谨,注重知识传授,其在台口办学 7 年,为永泰培养不少财会人才。

三

教会办小学、幼儿园规模不大。

宣统二年（1910）在嵩口创办格致小学，1916年在上马路青年会内开办格致初等小学。

1928年创办永泰第一所幼儿园"马厝幼稚园"（今樟城小学内），当时只有一个班，入园幼儿约40人；接着，在葛岭基督教堂内、嵩口青年会小学内续办幼儿班。

教会在永泰办学，多属伊芳廷所为。教会办学，就当时中国半殖民地半封建社会性质而言，带有西方殖民文化色彩，对国民进行西方思想渗透，因为入学的前提是全家须先入教；从社会进步而言，它有助于推动国人思想文化走向近代文明；同时，女子获得受教育的机会而步入社会，有利于女性解放、地位提高。

注：

①伊芳廷（约1873—1968），原名爱德华·汉林顿·史密斯，美国基督教公理会传教士。

风情紫山[1]

紫山村位于洑口乡南部,与德化、仙游两县毗邻,是永泰海拔最高的一个行政村,村部海拔近900米,最高山峰石笋硎海拔1661米,面积33100亩,人口800多人。

一

公元1036年杨家祖先就在这片土地上繁衍生息。杨家祖厝龙山堂,始建于宋庆历三年(1043),占地面积1000多平方米,土木结构,

古民居建筑风格。龙山堂在土地革命时期是闽赣省委临时驻地,是党史的一笔。

1933年红军第五次反围剿失利后,中共闽赣省委、苏维埃政府、军区遭国民党反动派围追堵截,于1935年5月被迫转移到永泰、德化、仙游交界的紫山村。闽赣军区仅剩的一个新编第一团在此处被包围,宋清泉、彭祐带全团630多人投敌;省军区领导叛变,又遭到国民党保安队的围袭,仅有省委书记钟循仁②、省苏维埃主席杨道明③等7人在紫山、吉坑人民掩护下得以突围。因目标过大无法回原籍,杨道明化名谢长生、钟循仁化名黄家法,于1935年8月在闇亭寺出家。

1942—1945年间,闽中游击队黄国璋④、林汝南⑤、苏华⑥、毛票⑦等潜入紫山、吉坑,开展游击战。在当地群众杨信铨⑧、杨文柱等带头下,村民积极为游击队员提供粮物、引路报信。

抗战胜利后到新中国成立初期,杨氏家族为革命事业牺牲的烈士有:杨信铨、杨银树⑨、杨起梅⑩、杨铨庭⑪、杨文隆⑫。

二

紫山李氏,源于948年李英孙从福州三山徙居溪里(峙);后代又分支到德化、尤溪诸地衍发。李氏族谱称,其族源于唐朝皇族。比起杨氏,紫山李氏繁衍历史更加悠久。

李氏族谱记载,其第19代祖曾任过巡按御史⑬。因族谱破损严重,我们无法辨出该御史是哪个朝代的。

据紫山"溪里革命历史编写组"主笔李新叶老先生介绍,紫山李氏先辈也有革命史一页,外人很少提及。

1941年冬开始,闽中特委多次派人到溪里一带开展革命活动,发展李大龙、李大雨、李大勤、李大怡、李新彩等参加革命。1942

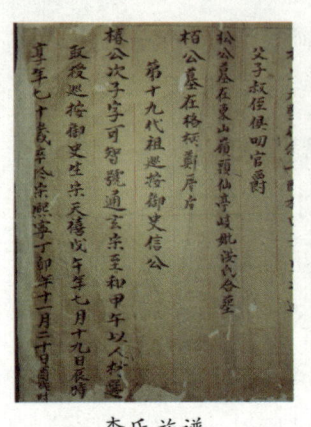  

李氏族谱　　　　　许集美题词⑭　　　　　李氏老宅旗杆石

年特派员吴天亮代表党组织宣布李大龙加入中国共产党；同时，特委决定在溪里建立地下交通站，李大龙任站长，成员有李新波、李大协、李大雨、李大勤。

1943年11月交通站在祖厝尾厅成功掩护了闽中工委挺进队；1944年3月交通站完成护送省委机关转移任务；1944年6月省委机关路过溪里，苏华代表省委宣布交通站改为"中共福建省委永泰溪里联络站"，李大龙任站长；1944—1947年，联络站配合闽中游击队在溪里一带开展反清剿斗争，配合特委开展抗日反顽和发展革命力量工作，护送了毛票领导的游击队和黄国璋领导的戴云纵队。直至革命胜利，联络站始终在发挥积极作用。

1949年5月，李家大龙、大怡、大璋、新波、新彩、新备、新杰，加入永德仙边区人民游击队；新中国成立后，德化大部分游击队员加入人民解放军。

解放战争时期，李氏为革命献身的人物，有池正⑮、笃銮⑯。

李大龙在新中国成立后，因大龄留在德化县公安局工作。

据2004年版《陇西李氏永泰溪峙谱志》介绍，老游击队员有：李大璋、李大怡、李新彩、李新备；地下党活动人员有：李大璋、李大怡、李新彩、李大面、李大勤、李大龙、李大协、李大浩、李新润、李新波、李新杰、李新保；革命后享受政府"革命五老"待遇的有：李新彩、李新备、李大面、李大勤。

三

紫山森林覆盖率高达92%，站在山上放眼望去，山林茂密，郁郁葱葱，又地处近千米的高海拔地带，常年云雾缭绕。良好的生态条件为红茶种植提供了优越的天然场地。李国来是一位转业军人，之前在武夷山经营红茶，对红茶种植有一定的经验。他从2009年底开始投入140多万元引进优良红茶品种，建设有机茶园。茶园目前是福州地区最大的有机茶生产基地，也是福州市首家引进武夷山优良红茶品种的茶场；茶园共种植了90多万株优质茶苗，其中40多万株是最好的品种"金牡丹"。

紫山人唱响当代"靠山吃山"的协奏曲，在蓝天下耕耘好绿地，走出一条绿色创富之路。

四

　　紫山虽处僻地，然生态尤佳，风光秀丽。

　　原始森林，形成林带，五百红豆，千年有十；青山雄峙，山峦叠翠，绿野蔽日，竹林茫幽；峡谷深邃，悬崖兀立，丛林臂抱，溪水碧丽。这里云雾变幻莫测，若是夏季，晨晖午云，东边日照西边雨，时常不邀而至。

　　规划中的紫山将建有生态农业观光园、避暑山庄、老区纪念馆、悬崖栈道、竹林步道等景区项目；开发生态旅游和红色旅游，可与德化石牛山景区、嵩口历史文化名镇对接，亦可与金山堂、虎尊拳发源地合璧。

　　拭目将来的紫山，可比世外桃源。

注：

①李志忠协助收集本文资料。

②钟循仁，江西兴国人。1927年参加农民运动，同年加入中国共产党。1928年春参与领导兴国高兴圩农民暴动。先后任崇（贤）高（兴）游击大队副大队长、中共高兴区委书记、兴国县委书记。

③杨道明，江西兴国人，化名谢长生。1930年在兴国参加农民协会，同年7月加入共产主义青年团，后任团支部书记。1934年担任闽赣省苏维埃政府主席，坚持根据地斗争失利后，被迫遁入寺庙。1984年后先后任永泰县政协常委、永泰县佛教协会会长、福建省政协委员、福建省佛教协会副会长。

④黄国璋，曾任闽中工委书记、闽中特委书记、闽浙赣省委常委、福建人民抗日游击队闽中司令部司令员兼政委。新中国成立后任中共福建省委组织部副部长。

⑤林汝南，莆田人，时任福建抗日游击队闽中司令部政治部主任、闽中游击队直属支队政委、闽中地委副书记、游击队副政委、天章中心县委书记、闽浙赣人民游击队纵队闽中支队司令部副政委。

⑥苏华，女，原名黄德馥，莆田人。1930年参加革命，1931年7月加入中国共产党，1938年任中共莆田中心县委书记，1949年10月起任省总工会女工部部长、省妇委书记、省妇联主任兼党组书记、省委组织部妇女小组负责人、省人民政府委员会委员等职务。

⑦毛票，曾用名卢志，德化人。1942年6月参加革命，1943年10月加入中国共产党。1944年3月省委机关迁移德化坂里时，负责内外交通、联系等工作。1945年5月随闽中特委直属支队在德化、南安一带活动。1947年6月任戴云纵队直属支队第三中队长参加戴云山战斗，失利后率部分游击武装转入隐蔽斗争。1949年初任中共仙德工委副书记、游击队队长，先后率部攻打仙游的磨头、枫亭及永泰的洑口、嵩口和德化的水口、南埕等乡镇敌公所，收缴武器，破仓分粮，建立人民政权，组织支前，配合解放闽中；同年8月任仙游县县长。新中国成立后，历任德化县委委员、常委、县长、革委会副主任、晋江地区老区建设委员会主任、德化县政协副主席。

⑧杨信铨，永泰洑口乡人。1945年参加革命，为闽中抗日游击队战士，参加了闽中游击区的抗日反顽游击战争。抗日战争胜利后，国民党"清剿"闽中地区的党组织和抗日游击队武装；杨信铨随闽中党组织转入山区发动群众、开展游击战争，时为闽中游击队交通员。1945年12月7日，因叛徒出卖，被国民党反动民团捕杀于紫山村马鼻岭。1984年永泰县人民政府追认杨信铨为革命烈士。

⑨杨银树，1947年入伍，为闽中游击队队员，参加了闽中游击根据地的反"清剿"作战和保卫根据地的斗争；1947年4月编入闽中游击纵队（戴云纵队），随部进军德化、永春、南安边界地区开辟新区；同年6月在德化县戴云山区遭敌包围，突围后与部队失散，隐蔽在凉亭下坑洞中，不久被搜山敌军捕杀。

⑩杨起梅，永泰洑口乡人。1947年入伍，为闽中游击队队员，参加了闽中游击根据地的反"清剿"作战和保卫根据地的斗争；1947年4月编入闽中游击纵队（戴云纵队），随部进军德化、永春、南安边界地区开辟新区；同年6月在德化县戴云山区遭敌包围，在突围战斗中牺牲。

⑪杨铨庭，永泰洑口乡紫山村人。1943年参加革命，为闽中抗日游击队队员，参加了闽中革命根据地的抗日反顽斗争。抗战胜利后，任闽浙赣边区纵队闽中支队永泰游击队干部，参加了闽中革命根据地的反"清剿"游击战争和迎接人民解放军主力解放闽中的斗争。新中国成立后任永泰县赤水乡乡长，组织群众开展支援前线、清匪反霸和保卫新生人民政权的斗争。1950年8月17日带领工作队下乡工作，返回途经紫山谷格坪时遭到土匪伏击，在战斗中牺牲。永泰县人民政府于1952年追认杨铨庭为革命烈士。

⑫杨文隆，永泰县洑口乡人。1949年为赤水乡民兵，1951年8月在执行任务回家时遭匪杀害。

⑬巡按御史是古代官职之一，隋朝设置，为制衡行政机构主官的非常派朝廷或地方官员，不仅可对违法官吏进行弹劾，也可使用皇帝赋予的权力直接审判行政官员和对府州县道等衙门进行实质监督。

⑭许集美题词"中共福建省委永泰溪里联络站旧址"刻石。许集美，福建晋江人，1939年加入中国共产党，曾任中共泉州中心县委特派员、书记和闽中游击队泉州团队指挥员兼政委。新中国成立后，历任晋江县县长、泉州市市长、中共晋江地委统战部部长、晋江专署专员、共青团福建省委副书记、中共三明和莆田地委副书记、福建省侨务办公室副主任、福建华侨投资公司副董事长、福建省第五和第六届政协副主席。

⑮李池正，永泰溪里人，1941年参加革命，1943年加入中国共产党，1947年3月为掩护地下党撤退被捕，1949年4月26日被杀害于德化洪田下格坪。

⑯李笃銮，永泰溪里人，1943年加入中国共产党，1944年6月任中共十字格支部书记，1947年3月在联络情报工作时因叛徒出卖被捕，后被杀害于永春城关，时年26岁。

◉ 杏馨珠峰 ◉

盖洋珠峰位于永泰县西北部,距县城96千米、乡政府20千米,面积5.5平方千米。在行政管理上,1958年被划入尤溪县,1964年复归永泰县。

一

珠峰地处海拔700多米的僻壤山区,上天赐予银杏之福于此扎根、生长,终成林带。珠峰银杏,500年以上树龄的有3群53棵,为迄今发现的全县最大古银杏树群。

银杏树又名白果树，生长缓慢，寿命极长，自然条件下从栽种到结银杏果要20多年，40年后才能大量产果，因此别名"爷孙树"，有"爷种而孙得食"之意，是树中的老寿星，古称白果。银杏树是第四纪冰川运动后遗留下来的最古老的植物，属世界珍贵物种，因此被称作植物界的"活化石"。

　　银杏树，高大挺拔，叶似扇形，冠大荫庇，有降温作用，叶形古雅，树干光洁，寿命绵长，无病虫害，不污染环境，是著名的无公害树种，白果有很好的医用和食用价值。《本草纲目》载："熟食温肺、益气、定喘嗽、缩小便、止白浊，生食降痰、消毒杀虫。"以前，农家办酒席，白果是必上的一道甜汤。

　　每年初冬时节，金黄色的银杏树叶铺满山坡、色彩斑斓，金色世界景致吸引了众多游客前来观赏。珠峰因银杏树而倍增诸多山乡远古气息。

二

　　裹身深山老林、依崖而建的老木屋，显得孤陋而苍凉：黑瓦、黑柱、黑墙、黑烟，伴之鸡犬相闻。人言珠峰地似凤凰，乍到的市民、文人、画家、学者、游客，不由赞叹其美致：啊，世外桃源！此乃当代人理想化比拟罢了。

　　珠峰现有一百来户人家，先辈迁自尤溪。村里的《谢氏族谱》记载：老祖谢瑞华，于1425年由尤溪县二十都霞仙黄垄坊（尤溪中仙华仙村）迁来珠峰。由此可知，谢氏世居此地已有近600年的历史。外人谁能体悟到，在交通闭塞的数百年岁月里，珠峰人是如何走过无奈而艰辛的沧桑历程？珠峰有座已废的三进古寨，寨门青石打磨，入道板石铺设，正厅梁柱高大，础珠宽厚雕琢。如此寨堡，主人却因环境恶劣、生活窘迫终而弃用。寨旁的一栋八扇木构，户主曾想留下一份像样的产业，然因经济拮据只起一半。即使当今，村低保户数与其他乡村相比也显然偏多。

珠峰村，竹柏苍翠，古松龙钟，杂木大柯，或残或枯。只有银杏树，使人感触到古老村庄生命之跃动和顽强坚毅乡民之意念。

银杏是珠峰人的历史见证人，它们目睹着珠峰人世代相承、生生不息；银杏是珠峰人的无价之宝，林带全县仅有，赋予珠峰人以光环与生气。

◉ 金丰恭恩 ◉

金氏发源于山东曲阜，后南迁彭城（今徐州），再衍发至浙江、福建。嵩口镇玉湖村金氏，来自清康熙年间金彦卿、金纯卿兄弟从福州晋安新店汤斜村迁居嵩口关帝庙街，乾隆年间金纯卿转迁玉湖村。金氏家族主要经营茶油、李干等土特产，家财颇丰。

一

金氏先祖建有多座房产，留存的紫山堂（俗称恭恩厝）为其经典之作。古厝始建于清同治九年（1870），因主人名而得名，房主金清拱，字恭恩。

恭恩厍建筑面积3600多平方米，双层土木结构，厍内有7个大小厅堂、34个大小天井、4座花园、一口大井、10个拱形防火门、11条大小通道、6条大排水沟、22扇公共门、5扇出厍门、200多间起居室。厍分4期施工：首期起正座、下书院、大埕，二期建后座，三期增两边横厍，四期添前后花园，盖厍耗时20来年。

恭恩厍匀称、稳重、大气，全厍雕刻精华毕集于正厅屏门，上嵌有4扇鎏金木雕：上四幅为牡丹、荷、菊、梅四季名花；中四幅分别为右图"郭子仪祝寿图"①，左图"周文王百子千孙图"②，中间两幅竹、鹿、松、鹤等吉祥图案；底四幅属二十四孝之"行佣供母"③"卧冰求鲤"④"芦衣顺母"⑤"戏彩娱亲"⑥。"紫气东来""吹箫引凤"，是"屏柱"上的一对雀替⑦，为该厍木刻的另一杰作。

二

恭恩厝是古典名著《说岳全传》增订者金丰的故居。金丰雕像现列塔山联奎公园"永泰历史名贤廊"。

《说岳全传》,清代历史小说,全称《精忠演义说本岳王全传》,"仁和钱彩锦文氏编次","永福金丰大有氏增订",全书共20卷80回,卷首有金丰自序。

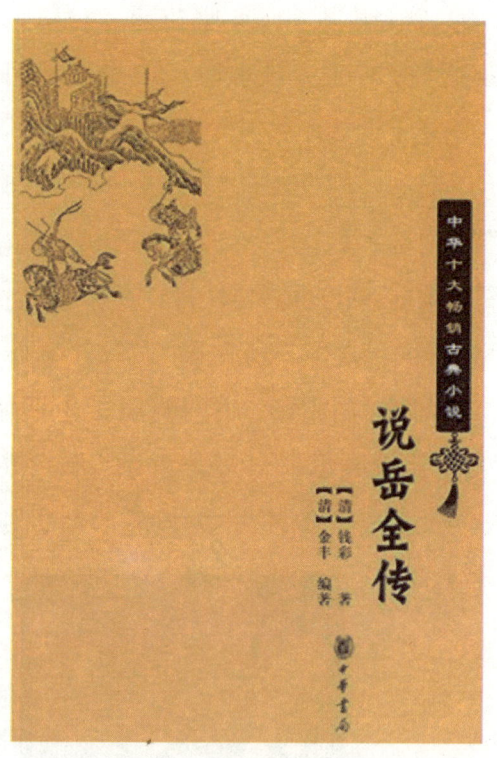

《说岳全传》虚实兼有。金丰的《序》说:"从来创说者,不宜尽出于虚,而亦不必尽由于实。苟事事皆虚,则过于诞妄,而无以服考古之心;事事忠实,则失于平庸,而无以动一时之听。"因此,著作吸收了过去岳传中的精彩部分,又加进许多民间传说。

金丰在序中的落款时间署为"甲子",乾隆之前"甲子"为1684年或1744年,此书约是康熙至乾隆时期之作。据清代《禁书总目》载,《说岳全传》在乾隆年间被列为禁书,缘于作者有"反清复明"思想。满族是女真人[8]的后裔,努尔哈赤建立的政权仍称大金(史称后金),以金朝的继承者自居。《说岳全传》借岳飞抗金影射女真族,亦即"抗清",诚匙清帝"天尊"。

"文字狱"下禁书作者不得不隐匿身份,故金丰生平难考,唯一留下的可靠资料是刻本上的"金丰序言"之"甲子孟春上浣永福金丰大有氏于余庆堂"。

历史上"永福"有二:广西永福县,福建永福县。广西永福县,唐代设立沿用至今。据考,广西《永福县志》无金氏活动记录,后人编修的《彭城金氏支谱草略》亦无其族人迁居广西永福的记载。福建永福县,唐永泰二年(766)置县,县名永泰,北宋崇宁元年(1102)因避讳哲宗陵名而改名永福县,元明清三朝一直沿用;民国三年(1914)因与广西永福县重名,旋复名永泰县。从置县沿革和金氏发展轨迹看,金丰乃永泰县人氏无疑。

恭恩厝坐落大樟溪畔,因金丰《说岳全传》名著而浓抹金色丰硕之彩。

注:

①雕刻表现人物构图构思与时尚风俗故事情节,属民间人物服饰装扮;图中主人翁即使卸下盔甲或辞官、罢官后仍是威服众望的元帅,有众星捧月的场面。郭子仪身怀正气,征服邪恶,讨伐吐蕃。

②"百子千孙"一词来自于商周时期,人们都相信周文王(姬昌)有100个儿子,其实可考证的只有长子伯邑考、次子周武王、四子周公旦等10个;所谓"百子"乃虚数,多是雷震子之类的义子。

③"行佣供母",说的是东汉时齐国临淄人江革,少年丧父,侍奉母亲极

为孝顺的故事。

④"卧冰求鲤",传说晋时王祥,小时生母早丧,继母朱氏多次在他父亲面前说他的坏话,使他失去父爱。继母患病,很想吃鲤鱼,适值天寒地冻,河里结冰无法捕鱼。王祥不计前嫌,解开衣服卧在冰上,冰忽然自行融化,跃出两条鲤鱼。继母食后,果然病愈。人们都说孝感天地,必得天佑。

⑤"芦衣顺母",主要内容是周闵损生母早死,父亲娶了后妻,又生了两个儿子。继母经常虐待他。冬天,两个弟弟穿着棉花衣,他穿芦花衣。一天,父亲出门,闵损牵车时因寒冷打战,将绳子掉落地上,遭到父亲的斥责和鞭打,芦花从被打破的衣缝里飞了出来,父亲方知闵损受到虐待。父亲返回家,要休逐后妻。闵损跪求父亲饶恕继母,说:"留下母亲只我一个人受冷,休了母亲三个孩子都要挨冻。"父亲十分感动,就依了他。继母听说后,悔恨知错,从此待他如亲子。

⑥"戏彩娱亲",讲述老莱子奉养二亲的孝行。周老莱子,楚人,至孝。奉二亲,极其甘脆。行年七十,言不称老,着五彩斑斓之衣,为婴儿戏舞于亲侧;又取水上堂,诈跌卧地,作小儿啼,以娱亲喜。

⑦雀替,古建筑的特色构件之一。宋代称"角替",清代称"雀替"(又称"插角"或"托木")。通常被置于建筑的横材(梁、枋)与竖材(柱)相交处,其制作材料由建筑所用的主要建材决定,如木建筑上用木雀替,石建筑上用石雀替。

⑧满族前身就是女真族。1115年,完颜阿骨打统一女真各部,建立金。1615年建州女真首领努尔哈赤在赫图阿拉城称汗建国,国号称为"大金",史称后金。1635年皇太极改为满族。

翠微大喜[1]

大喜村坐落于笔架山下,离嵩口镇区约12千米,海拔约550米,植被茂密,山雄水俊,农舍俨然,拥有13400亩生态公益林,全村总面积21.12平方千米,有4个自然村、600多人口。

一

二十几年前我带学生来过大喜。当时的大喜,算是边远山村,路难行又无交通工具,就是骑自行车,也要费很大的劲。纵然大喜村也难逃被乱砍滥伐的厄运,但也因交通不便,植被保留还是喜人的。大喜树多、竹多、李多。松杉交颈,浓荫蔽日,山间小道,阴凉透沁;毛竹遍野,山风掠过,竹海婀娜,蹁跹起舞;李树拦腰,妆点丘陵,山沟淹没,仅闻涧喧。

大喜村依旧风采,迎客松高耸村口、风华犹茂;南面青山碧绿绵亘,古树参天,灌木簇拥。如今的大喜村利用得天独厚的生态环境开发乡村旅游,使得整个村庄的面貌焕然一新,峡深谷幽,空气清新,引人入胜。

新时期的大喜,基础设施逐渐完善,村民的思想观念也在悄然转变。黄梁杰是大喜村的一名退伍军人,退伍后在外地发展孔雀养殖,前景看好。他从其他基地引回蓝孔雀,为今后大喜村发展孔雀观光园

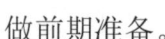

做前期准备。

二

大喜溪淌过村下峡谷，这里属大喜溪中段，约占全长的三分之一，落差百余米；溪总长约 14.5 千米，是大樟溪主要支流之一，自上而下经里洋、大喜、溪口三个村，流域面积约 63 平方千米，在溪口汇入大樟溪。

大喜溪的有些溪段看似平静，却危机四伏。很多水潭深得让水墨绿，令人发怵。我上初中时，参加过嵩口中学校办农场劳动，在农场待了半个月。农场位于白湾至大喜之间的山包上，毗邻大喜溪。听说之前有个戏班在农场下的一个深潭过水时被淹死，好几人一同到了另一个世界。乡人传，每逢阴雨天，潭边便有戏班人演出的锣琴声；吓得我们白天不敢到附近的田间劳作、晚上不敢一个人起来方便。有次在老师的带领下我们路过潭边，那淹死人的潭似乎诡异惊人。

大喜溪溪床较为宽阔，溪水清澈，溪谷多为花岗岩石，溪道怪石嶙峋，深潭悬崖错落有致，美景无限。我毕业那年回乡就直接担任高二班主任，年轻气盛，学生自主能力也强。秋天，我和学生一拍即合决定到大喜溪溪尾野炊。我们三三两两骑自行车去，一路欢愉毫无顾忌。到达地点后，学生忙着架锅埋灶，我当然要巡视安全的事了。溪水两色，靠山南边的翠绿，靠岸北边的清亮。袅袅炊烟升腾，阵阵嬉笑飞扬，好一个人与自然的和谐画面！30年了，至今想起依旧那么亲切、那么美好。

三

　　大喜水库1973年12月10日动工兴建，1979年8月竣工。水库集水面积47.78平方千米，总库容量222.4万立方米，有效库容139万立方米，可灌溉三个村水田2300亩。坝为石砌重力坝，高22.2米，坝顶长71米，坝顶宽2.5米。工程总投资65.19万元，投放劳力19.55万工日，完成土石方3.85万立方米。②建水库年代没有机械化设备，人们纯凭钢钎、镐头、锄头、扁担、畚箕，以战天斗地的精神硬是建起了水库。我很敬佩我们的长辈，在国家"义务工"③一声

号令下，无偿轮流续建了近6年的时光。

　　水库融灌溉、发电、饮用于一体。引水渠为人工渠，水蜿蜒十来千米后到白湾村后山，先是发电、后部分再引向嵩口镇做自来水。白湾电站亦建于1973年，装机容量100千瓦。虽说是自来水，倒不如说是汩汩泉水，往往水龙头全开，一天盛不到一缸水。这么丁点水，对于有几万居民的嵩口镇来说，无论是发电还是饮用都是杯水车薪。过惯了艰辛日子的嵩口人，就这样一直挨到自来水新库的建成和国家电网的架设，才舒坦地用上水、电。

　　水库中间有座古寨，古时是防匪寨堡，后被悍匪"阿逼哥"（陈梅芳）强占为匪巢。"阿逼哥"匪帮很残暴，对被绑者不仅施加各种酷刑，还绑于深山老林树头活活饿死，有时甚至把人四肢和头绑在竹桩上进行"五竹分尸"。20世纪30年代初，十九路军来嵩剿匪，基本剿灭其主力，"阿逼哥"逃后自杀。古寨因匪患而太阴邪了，被赶走的人们后来也不愿回到这里生活。政府建水库时，这个寨堡已废多时。枯水季节，想看的人们可以径到古寨；蓄水时人立于岸边，只能观其一半容颜。

　　库水清亮，云雾缭绕的山尖倒映库区，水天一色，如仙境再世。水库现在是一级水源。与往年迥然不同的是，村民自觉地拆了养猪圈，库区看不到丁点污染源。我不禁感叹：谁说我们农耕不文明！

　　大喜人在追逐时代浪潮的同时不忘家乡，反哺以现代文明建设故乡，给厌倦了喧嚣城市生活的人们以一片乐土。

注：
　　①张文清协助收集本文资料。
　　②数据源自政府网。
　　③义务工，计划经济时代主要用于防汛抗旱、义务植树、公路建设等；按标准工日计算，每个农村劳动力每年应承担5-10个义务工。

悠悠潼关[1]

潼关村位于梧桐镇西南部锦屏（亦称屏峰）山下，距镇区2千米、县城32千米，南与莆仙交界，北邻西林村；粗溪、右青龙溪分流左右，汇流于梧桐入龙岩潭；村落面积约17平方千米，8个自然村，600多户。

一

潼关俗称潼关街，是旧时莆田、仙游往永泰的必经之道，已有400多年的历史。众多往来的商贾，造就了这里曾经的繁华。只可惜古道及千年老榕，因山洪冲毁已失，是村古文化的一大缺失。

新中国成立前潼关为梧桐镇中城堡，管辖盘富、西林、后溪等村，1949年在大洋设村名屏峰村，1956年村部迁移对岸自然村。以前村民来往必经溪流，枯水季节行走板桥，洪汛来潮撑船过渡。由于水绿潭清、溪流迂缓，夏令一到，男女老少相聚于桥头渡口一带乘凉、洗澡，因以儿童为主，故命名潼关（"潼""童"谐音），沿用至今。

这里气候温和、雨量充沛、植被较好，有人工速成丰产林5000多亩、生态公益林6000多亩、油茶林3000多亩，主要物产有茶油、苦笋、溪螺、苦螺、橄榄、枇杷、柿子、柑橘等农副产品。

二

据老者解释，潼关地理：左有金钟、右有渔鼓、玉带环腰、赤荷耀目，龙、虎、豹、狮、象五形山丘，分立两旁。此话我们暂且不去考问，不过人到潼关，确有群山环抱、心旷神怡之感。

潼关灵地葬有两位历史名人：一位是本县的宋代状元郑侨；一位是黄中庸，北宋文学家、政治家，莆田人。

郑侨，我在《热土》书中已述。"郑侨墓"为省级文保单位，占地约300平方米，坐西朝东，砖砌墓体。古代帝王或大臣有在墓道两旁立石雕人物、禽兽等封建规矩，统称石像生石，所雕人物称"石翁仲"，有文臣（持简）、武将（持剑）之分。"郑侨墓"道路两旁，原立有诸多石刻物件，有石狗、石马、石翁仲等，后因在"文革"中被破坏、保护失当，文物留下不多，仅存的几件文物还是零零散散地立在村民的房前屋后，两尊石马只有身子在地上，石狗快被杂草淹没了，文武石翁仲已斑驳风化。目睹这一切，心中油生悻怅。有幸的是，近年来附近村民自发保护文物，否则，这些幸存的"伙伴"早已别侨而去。

黄中庸，字长行，号军城居士，大理寺评事黄宠之子。黄中庸从小受其父熏陶，学习刻苦、勤奋上进，皇祐四年（1052）获福建乡试第一名，次年赴京得会试第一名，经殿试中进士二甲第一名，历江西安福县令等。北宋治平四年（1067），司马光荐任太常博士②，擢广西北海通判③，旋入邵武知府，后入朝为太常卿④，理太常院，起草礼仪诏诰。黄中庸天性浑厚，为人仁厚，为官宽舒。蔡京入相后，黄中庸为蔡京所恶被贬回太常博士，以病弃官归隐兴化军城府西巷。黄中庸籍新县，在居宅旁创建步云书院，讲学授徒。如今的新县中学，就是在步云书院的基础上改建、扩建的。

黄中庸还在潼关的"教忠院"收徒授业。宋徽宗大观庚寅年（1110）卒，谥号文正，葬"教忠寺"山北观音"叠座穴"，福州第一状元许将为其作墓志铭，旧有黄侍中文正公神道之碑，徽宗亲笔御篆。黄中庸在潼关施教之情及其身后葬处，《莆阳比事》有载，《永泰县志》缺述。

许是外乡人的缘故，潼关本地人对黄中庸并不详解。问询了乡贤，黄中庸墓地尚无法查找。

三

潼关始祖是地师温子玉，善堪舆择地，数度来闽，寻找双溪口西边一福地后，携夫人宋氏自山西太原来此定居繁衍，迄今900余年。温氏自古深受沿海风气尤其是莆仙文化的熏染。

村庄除传承传统文化节庆外，另有元宵的"圣母节"、四月中旬的"相公生辰节"，纪念日举行谢香、敬神、演戏等活动。

潼关的青龙宫供奉林九娘，其元宵"圣母节"即宣扬林九娘信仰文化。林九娘生前做了许多有益国民之事，很多地方立庙祀之。

林九娘宫

田公元帅庙

林九娘是道教闾山"三奶派"的三位教祖之一,历史上又称林纱娘、林淑靖、林元君,罗源人。她向陈靖姑学降妖之法,为民除害。九娘感佩靖姑,请求她纳收为徒,靖姑亦喜九娘秀慧、品正的品格。二人结拜为义姐妹,一起为地方除害。

林九娘于24岁时因斩"长坑鬼"而捐躯,后人将其与福州的陈靖姑、连江的李三娘,合称为"三奶夫人",成为道教闾山"三奶派"的教祖。陈靖姑被称大奶、李三娘被称李三奶或李夫人、林九娘又被称林夫人。明代时信奉者日多,清嘉庆二十年(1815)梧桐黄氏重修过罗源西洋宫。潼关的"圣母"信仰文化估计是此事之后传入的。

潼关的"相公生辰节"传扬的是田公元帅信仰文化。田公元帅,俗称"相公爷",是音乐戏剧界的保护神。

田公元帅乃"忠烈乐官"雷海青,清源郡田庄村(今莆田东峤镇田庄村)人,是唐玄宗时著名宫廷乐师,善弹琵琶。

雷海青忠心耿耿、精明能干,被玄宗任命为宫廷歌舞的伶官和梨园戏剧的教官。他不但教会众乐工演奏自己所谱写的乐曲《引梅敬酒歌》,还会跳家乡舞蹈《白玉惊鸿舞》《八仙过海祝寿舞》,又把莆仙各地流传的十音、八乐、大鼓吹、俚歌、山里诗等民间音乐、曲艺引进了宫廷,深得唐明皇的赞赏。他还勤学苦练,成了琵琶高手。同时培养出不少乐师和梨园子弟,徒弟遍及八闽大地,成为一代戏剧音乐大师。

据《明皇杂录补遗》记载:安史之乱时,安禄山攻入长安,数百名梨园弟子皆被俘,海青不愿为叛军演奏,称病不去,被安禄山派人强押到场。梨园弟子相对而泣、曲不成调,安禄山大怒。一日,安禄山举行大宴,命梨园弟子奏曲作乐,言有泪者当斩。雷海青忍耐不住,对着安禄山,将琵琶摔在地上砸得粉碎,然后面西放声大哭。安禄山暴跳如雷,下令将雷海青在试马殿前五马分尸示众。

王维闻听雷海青死难,很是感动,赋七绝一首:"万户伤心生野烟,百官何日再朝天。秋槐叶落空宫里,凝碧池头奏管弦。"安史之乱后,唐肃宗封赠死难大臣,雷海青即获封之一。

雷海青死后,忠魂时时显圣,护卫君民。

传说一:郭子仪率兵收复长安时,雷海青率领天兵天将,在空中助战,一举歼灭反贼。

传说二:南宋末年端宗皇帝被元兵追赶,从海道逃往莆田,途中突遇风浪袭击。万分危急之际,雷海清在天上带神兵救难,海面顿时风平浪静。端宗惊魂稍定后,翘首仰望,但见云端上有一支天兵,护拥着一尊天将,帅旗上镶绣"雷"字。因"雨"头被云雾所蔽,只隐约露出下边的"田"字,端宗误认是姓"田"的神将救驾,于是赐名"田公元帅",颁诏天下广为奉祀。

莆田乡民感怀先烈,纷纷编成歌舞百戏、编演梨园故事,拜雷海青为戏神,世代供奉。民间将他塑成红面将军,以示其忠君爱国、英勇正直的高尚情操。

潼关地方话属于莆仙语系,乡民崇尚莆仙戏、信仰田公元帅文化也就成了地方特色。

四

　　莆仙戏历史悠久，源于唐、成于宋、盛于明清；演出形态古老，剧目丰富；原名兴化戏，流行于莆田、仙游、福清、永泰等县的兴化方言区，因莆仙历史地名（宋时隶兴化军、明清时隶兴化府）而得名，新中国成立后始改称莆仙戏。

　　莆仙戏，表演古朴优雅，不少动作受木偶戏影响；行当沿袭南戏旧规，有生、旦、贴生、则旦、靓妆（净）、末、丑7个角色，俗称"七子班"；音乐醇厚，至今仍保留宋元南戏音乐韵律；声腔主要是"兴化腔"，由莆仙民间歌谣俚曲、十音八乐⑤、佛曲法曲、宋元词曲和大曲歌舞融合而成，用方言演唱。

　　潼关人自古推崇莆仙戏，"十音八乐"、民歌对答等习俗罗织成风格独特的民间文化。每逢重要纪念节日，潼关村民都自发组织莆仙戏演出，平添几分乡村文化色调；有的农家在长辈祝寿日也邀请戏班演出，热闹一番，尊老而浓情。

五

　　潼关还有一个"温太子"的传说：北宋时，一农妇生下红、白、黑男三胞胎，母诧异而杀之。丈夫早知家中将有"太子"出世，回家后得悉三子为妻子所扼，教妻子补救方法。他在山头叫"山轮转"，妻在山下应"太子回"，三子果真复活。妻疑，脱口咒"早死短命"，三子再去，太子夭折。潼关的"太子"是永泰三个太子传说之一。

　　在温氏文化人温嘉盛的带引下，我们见到了"太子古墓"，墓碑上镌"大宋乙丑造"（1085），迄今已历930年，是一座古墓。

锦绣锦屏、粗犷粗溪、腾蛟青龙,共同辉映潼关独具魅力的地方文化。在这里,你领略的是历史足迹,熏陶的是乡风乡情。

注:

①温嘉盛、吴宝传、陈章潮、魏黎明协助收集本文资料。

②太常博士,古官职名,太常寺属官,掌教弟子,分经任职。宋太常博士职守同前代,明清亦置,均正七品。

③通判是"通判州事"或"知事通判"的省称。宋初,为了加强对地方官的监察和控制,防止知州职权过重,宋太祖创设通判一职。

④太常,本名奉常,古代朝廷掌宗庙礼仪之官,有丞、太乐、太祝、太宰、太史、太卜、太医等十几个属官。太常卿负责引导天子祭祀。

⑤十音八乐,莆仙戏戏曲和乐器总称。

◦ 明 媚 春 光 ◦

梧桐镇春光村,东与坂埕村相邻、西靠"春头亭"、南与203省道接址、北与圳南村隔溪相望,距县城30千米,村落面积1平方千米,全村人口700多。

一

春光村,大樟溪畔。

紧依溪边,两条新修鹅卵石道,自西向东蜿蜒。

上石道两旁,翠竹依依、橄榄吐脂、龙眼探日、柿子圆润、板栗饱满、茉莉飘香,浓浓的花果气息,将你深深裹入绿香的海洋。

下石道旁,每隔十来米都有一棵古树在迎接拥抱你,其中两棵为500多年的大榆树,枝繁叶茂,苍劲有力,粗犷雄壮;百年古榕,棵棵精壮,伟岸浓密,叹为观止。徜徉树间,人几乎仅有树的一小截枝干大小。

渡口古榕,盘根错节、浓荫蔽日,坚实地为过往人客遮风挡雨,胜似两大巨人在守护着所有的生命。

渡口虽历经岁月,但不显苍老,层层阶梯曲直有序,那被岁月磨光了脸颊的阶石,犹如焕彩鹤年,光亮剔透。站在渡口上,放眼渡外,眼前碧波荡漾,大樟溪在这一流段出奇地净亮,微风吹拂,波光粼粼,缓缓闪银,令人神往、陶醉、舒畅和心怡。

二

渡口上有座古厝,土木结构、二层楼房,曾是村部。入伫挂廊,顿觉豁然开朗:青山、柔风、动水、翠树尽情投入你的怀抱。我想,如果将它辟为渡口小站,定然倍添渡口独佳情境。

春光留存两段古道,一者在村里,一者在渡口,均由鹅卵石规则叠砌而成,每块铺道石都还在散发着浓厚的农耕气息。看着牢固的古道,卵石堆砌,结实圆润,你会赞叹这儿先民石匠工艺的高超。

我漫步古道时,曾发现一斗旗杆石被村民当水沟跳板用。我跟随同的村助理吴宝传说:这是旗杆石,说明村里古代出过举人以上的科考者。吴助理听后很重视,当即叫人保管好。他还帮忙查阅了相关族谱,其中的陈氏族谱有载其族人中过举人。

村中还有三爷宫古建筑一座,始建于明朝,年代悠久,至今有600多年历史。宫内刻画叠彩分明、鲜艳夺目。宫的典故说:时陈氏举人赴京赶考,途中得重病,幸得好心人三爷相救病愈,陈举人返梓后为报三爷救命之恩,盖宫殿拜三爷为人神,供以香火。后人不断扩修三爷宫,渐成今日规模。

因此,春光村"三爷宫"朝拜的神仙并非传说中的"三爷仙"①。

春光古榕带,全县仅有,风光独好。来这,徜徉溪水林荫之间,你会燃起钟爱大自然的激情:对话古树,聆听溪语;超凡脱俗,其怀足矣。

注:

①民间流传"狐家仙"源流谱有八位太爷和一位太姑,他们是同父异母所生的兄妹,分别为胡大太爷胡天祖、胡二太爷胡天南、胡三太爷胡天山、胡四太爷胡天龙、胡五太爷胡天刚、胡六太爷胡天清、胡七太爷胡天霸、胡八太爷胡天豹、胡家太姑胡云花。胡大太爷和胡二太爷战死疆场后被封神,由胡三太爷掌管天下胡家的"出马仙"。相传胡三太爷曾救驾唐王。唐王兵败单身被围,危急之时,一将杀入重围,护送唐王且战且退,唐王见其非朝中将官,骑在马上边跑边问:"救驾者何人也?"答曰:"胡三也。"唐王错听为"胡三爷",回宫后即立像拜奉,亲笔题:"胡三爷。"胡三太爷受封皇朝,民间称之为"三爷仙"。

又,出马仙,原始宗教萨满教的延续,修炼有成的精灵神怪出山济世,在人群中选出自己的弟子,借弟子人身行善渡人。出马弟子,是仙家意愿的传达者,一般称呼为"大神""大仙""香头"等。

木棉凤落[1]

凤落村，位于岭路乡下山片。东接庄边村，西与城峰镇力生村相邻，南接赤锡乡云岭村，北邻岭路村，距乡政府7千米，全村总面积11平方千米，辖有9个自然村。凤落村，有着光荣的革命历史，在民主革命时期是闽中红色革命根据地。

一

20世纪三四十年代，凤落村走过光辉的历程。

首先，党组织从隶属走向创建。

1937年12月，中共凤落支部委员会成立，书记饶云山，隶属中共闽中特委领导。1938年5月，成立中共莆田中心县委，辖莆（田）、仙（游）、惠（安）、永（泰）四县。1939年8月，中共莆田中心县委撤销，中共凤落支部改属莆田县委领导。1940年3月，中共闽中特委成立中共莆（田）、仙（游）、永（泰）工委，书记郭永星[2]。1941年6月，中共闽中特委领导人黄国璋[3]，在岭头的陈四四家主持成立中共永泰县委，书记饶云山。1947年9月，成立中共莆（田）、仙（游）、永（泰）中心县委，书记饶云山。1949年1月，中共闽中特委决定成立中共福（清）、莆（田）、永（泰）县委，书记饶振华；17日，成立中共永泰县工委，书记程国良；5月，撤销中共福莆永县

饶云山故居

委和中共永泰县工委,成立中共永泰县委,书记饶振华;9月12日,成立中共永泰县委员会和永泰县人民政府,饶云山任县委书记兼县长。

其次,革命活动从泉山发展到全县。

1935年7月,中共闽中特委派方子明④来泉山乡⑤可湖,开展革命活动。翌年发展饶云山、饶刚生等入党,活动区域向凤落、高斜尾、转头山等地扩展。1938年4月中共党员饶刚生担任泉山联保主任、乡长等职,以合法身份掩护中共闽中特委机关。1940年10月,在凤落成立农会,饶云山任干事长。1942年5月,中共闽中特委根据上级决定把委员制改为特派员制,实行单线联系,饶云山任永泰特派员。1948年2月闽中地下党组建了人民游击队,开展反高利贷、减租、反霸斗争,其活动发展至梧桐、盘洋、清凉等地;11月游击队镇压藤山的恶霸张祖甫。1949年5月游击队解放了泉山乡公所,成立永泰县第一个乡人民政权(泉山乡人民政府),主席邱梓⑥;6月,饶云山带领闽中游击队百余人经梧桐到大洋，征集粮草，迎接中国人民解放军入闽。

其三，党员群众坚定革命信念。

在"凤落惨案"中，党员干部深受其难，受牵连的还有许多无辜群众。1945年6月，驻在塘前的省保安团一个营，围剿转移的游击队，结果扑空，群众100多人被关押在土堡里吊打审问，后移押在永泰县监狱。村地下党支部书记（区委委员）林顺德、党员林球德、群众饶国臻和陈孝明被折磨致死，党员饶国宝、程守元被移到福清活埋，程金兰及其小女也在狱中被折磨致死。

二

革命历程上，前赴后继。

其一，饶氏开章书写革命史。

（1）饶云山。（略）

（2）饶刚生，幼年丧母，由祖母抚养长大。民国二十六年（1937），经地下党方子明介绍加入中国共产党。年底，中共凤落党支部成立，其为支委。抗日战争爆发，按党的指示，他首先争取泉山乡联保主任之职，后竞选为泉山乡乡长。民国二十九年（1940）7月至翌年9月，国民党对他有疑，撤其乡长职务。其间，他发动泉山乡大部分保长与我党建立统战关系，同时发展党组织，壮大革命队伍。

民国三十年（1941）4月，日军侵入福州和长乐、连江各县，闽中特委移到长乐。日军撤出长乐后，他化名陈俊逸，担任长乐县鹤上乡文书。民国三十二年（1943），省委转移到梧桐青溪，他任省委机关管理科长，次年任省委联络科长。民国三十四年（1945）底，调至福州，化名林先生，在体育场搭木棚以贩卖柴炭为名，筹建地下联络站。

民国三十七年（1948），奉命开辟地下航线，于闽侯兰圃成立中共闽江下游运输党支部。同年底，他负责运送枪支等到南平，机智地甩开特务跟踪、检查，胜利地完成任务。

新中国成立后，曾担任永泰一中名誉校长。他战斗一生的英雄业绩，曾被拍成电影《地下航线》。

（3）饶振华（父亲饶云山、三叔饶刚生），自幼受到革命思想的熏陶，很早就投身革命工作。1940年5月，年仅14岁的饶振华在闽中特委机关当了一名交通员，随后又在闽中海上抗日游击队接受了两年多实际工作的锻炼，1943年7月加入了中国共产党。

省委于1943年在福州设立了联络总站，饶振华为联络总站的交通联络员。在此后的数年时间里，他带领各地党组织骨干往返于联络总站和省委机关驻地之间，为沟通省委、闽中特委与各地党组织联系做出了贡献。永泰、莆田、福清、长乐、仙游、德化，均留有其足迹。

1949年1月饶振华奉闽中特委的指派前往福清、莆田和永泰边区担任中共福莆永县委书记。5月为迎接解放大军南下，闽中地委调饶振华回永泰担任县委书记并开展支前工作。8月11日永泰解放，闽中地委指定饶振华担任临时政府县长，后改任县公安局局长。新中国成立后，饶振华先后担任永泰县委社会部部长、宣传部部长、公安局局长等职。

（4）饶国宝，1940年参加革命，为闽中游击队队员，中共党员，1945年7月被国民党捕后关在福清监狱，后遭活埋。

（5）饶国治，1940年参加革命，为闽中游击队队员，中共党员，1945年在富泉六角坑被国民党县保安队追赶时，为保守党的秘密投水献身。

中共永泰工委和闽中特委机关旧址在饶厝，民国二十四年（1935）闽中特委派陈云飞⑦为中共永泰县工委书记，民国二十九年（1940）

程守元故居

中共闽中特委机关也设于此。

其二，程氏续写革命史篇章。

(1)程国良，1940年参加革命，次年4月加入中国共产党，曾任闽中游击队莆（田）仙（游）永（泰）游击队队长、永泰独立大队队长等职。1957年程国良转业地方，曾任中共永泰县委副书记，大洋公社党委书记。

(2)程守元，1943年参加革命斗争，不久加入中国共产党，曾是闽中抗日游击队战士。1945年5月国民党当局调集重兵"清剿"闽中党组织和抗日游击队武装，程守元随闽中党组织转入山区发动群众、开展游击战争。同年7月27日国民党军在叛徒的带路下袭击凤落，程守元被捕后拘于福清监狱，10月被活埋。

其三，为革命史增彩的还有：

(1)李春柳，1940年参加革命斗争，任村党支部书记、宁里[8]区委委员，参加了青云山革命根据地的创建工作。1942年2月国民党调集保安团"清剿"青云山革命根据地，李春柳在反"清剿"斗争中被捕，狱中受重刑。同年9月获保释，回家不久不治牺牲。

(2)林顺德，1940年参加革命斗争，不久加入中国共产党，时为闽中抗日游击队战士。1945年5月抗日战争胜利前夕，国民党当局调集重兵"清剿"闽中地区的党组织和抗日游击武装。林顺德随闽中党组织转入山区发动群众、开展游击战争，任区委委员、党支部书记；7月27日，国民党军在叛徒引路下袭击凤落，林顺德被捕后关进永泰县监狱，10月在狱中被敌折磨致死。

(3)林球德，1940年参加革命斗争，不久加入中国共产党，时为闽中抗日游击队战士。1945年5月抗日战争胜利前夕，国民党当局调集重兵"清剿"闽中地区的党组织和抗日游击武装，林球德随闽中党组织转入山区发动群众、开展游击战争，任村党支部委员。同年7月27日，国民党军在叛徒带引下袭击凤落，林球德被捕后关押于永泰县监狱，10月在狱中被折磨致死。

凤落英杰：如端端泊云，沐雨青山；似凤凰涅槃，舍生造福。

注：
① 张玉灿协助收集本文资料。
② 郭永星，又名郭金，连大妹之子，福清人，1933年参加革命，1935年加入红军并成为共产党员。
③ 黄国璋，化名吴广，莆田人。1931年8月加入中国共青团，1934年11月转为中共党员。主要从事团组织工作，先后担任共青团区委、县委书记。
④ 方子明，莆田人，原名方国藩，又名方子民、方言，中共七大代表。
⑤ 泉山乡，岭路辖区旧称。
⑥ 邱梓，暂无史料。
⑦ 陈云飞，曾用名陈明斌，连江人。
⑧ 宁里，在莆田庄边镇的凤际村，是中共闽中特委的机关驻地，党组织和游击队的重要活动基点。

飘逸仙洞①

城峰镇高峰村,距县城6千米,由老虎斜、南村、高峰、洪水坑(红水坑)4个自然村组成。这里有仙洞一个,飘逸自得。其地海拔600米、面积6平方千米,距县城9千米,地处"御温泉"对面,与云天石廊同处一峡谷,和青龙瀑布毗邻,系青云山板块。

一

《县志》称仙洞为"仙洞龛":"东关外过溪二十五里。峭壁千寻,至者须绕道入。有'天香亭''仙炬''仙轿''石凉伞'诸胜,均酷肖。相传萧国梁读书处。"

仙洞山门后是爱睡山庄，取意《爱睡诗》："臣爱睡，臣爱睡，不卧毡，不盖被。片石枕头，蓑衣覆地。南北任眠，东西随睡。轰雷掣电泰山摧，万丈海水空里坠。骊龙叫喊鬼神惊，臣当恁时正酣睡。闲想张良，闷思范蠡，说甚曹操，休言刘备。两三个君子，只争些小闲气。争似臣，向清风，岭头白云堆里，展放眉头，解开肚皮，打一觉睡！更管甚，玉兔东升，红轮西坠。"②

仙洞景色犹如仙境，山岩奇特，元宝峰、鹰岩、石拱桥是景点标志性景观。有缘人到此，自能"偷得半日闲，洗却一身尘"。特别值得一提者，这里枫树也多，红叶是难得的另一道风景。

二

仙洞以洞出名。

有铁拐李用葫芦打出的30多米长的"葫芦洞"，有赤脚大仙踩出的30多米高的"仙足洞"，有红军驻扎过的"红军洞"。为了增添神话色彩，乡人又把仙洞与云顶的天池联想到了一起。相传：由于此洞又黑又深，从没人敢进去过。有一天，当地群众的三只鸭子跑进洞去，三天后从天池中浮出，而后变成天鹅上天。

仙洞以仙而名。

仙洞曾住一位财神。他预测某年某月某日某时，在清凉的岭下村将有太子出世，即派一只灵猴撑石船到该村保护太子降生，借以发官财。灵猴撑着石船按时赶到清凉，在双溪口遇到开岔的两条溪，灵猴下船问路。原来有两个岭下，一个在清凉、一个在白云乡，灵猴问路时没问清哪个"岭下"。待灵猴撑船至白云岭下时，时辰已到，太子没接到，石船也撑不动了。而那时清凉正闹兵乱，太子妃逃到溪边没遇到灵猴，被乱兵杀死，太子也一命归西。这则故事广为流传，由此，人们把白云岭下和仙洞的自然石景形象地称作"石船"。只是这个"太子"传说与清凉的"太子"传说是两个版本。仙的传说演绎成今天的财洞。财神洞穴是四块等分的莲花瓣构成，其中有一尊30多米高的天然"财神石"，神奇无比。此外，还有百多米长的"大元宝石"和十多米高的"小元宝石"。

仙洞还关系到地名。

另一种说法是：仙洞中有条巨龙，龙舌年年增大增长，即将得道升天。当龙舌长至5米时，被雷神看到，雷神怕是妖孽，一阵雷劈，将龙舌斩去，血流了三年才止。因此，山下的自然村便被名为"红水坑"，而"龙舌"石犹在。

山以石为胜，岩因水更奇。仙洞不仅传说美丽，而且环境迷人：满目青翠，群峰竞秀，洞深崖悬，藤老树古。人赞仙洞景："春来山花五彩缤纷，夏到杨梅一路止渴，秋至榛子满山飘落，冬是红枫烧遍山野。"

令人叹惋者，因道路毁坏，我们一行未得尽兴尽览仙洞全景。入口建筑物破落不堪，此情此景，与仙洞的飘逸景致极不相称啊。

注：

①陈思文协助收集本文资料。

②五代到宋朝有一奇人叫陈抟，据说他学富五车、才高八斗，皇帝召见他要封官，却几个月没法唤醒，最后连人也找不到了，留下他半醒半睡时写下的《爱睡诗》一首。

幸福清凉[1]

清凉镇内青山环抱、风景秀丽,素有"不寒不暖清凉寺,无忧无虑极乐山"之美称。

一

清凉新农村建设出手之作当数幸福庄园。

幸福庄园,有枇杷750亩,橄榄树、黄花梨、水蜜桃、杨梅、杧果等果树约800亩。美丽的天然湖,成群天鹅在湖中穿梭游弋,湖边鸟语花香、果香四溢。

彩虹花海是幸福庄园的核心区域,种有鼠尾草、长春花、千日红、波斯菊、金鸡菊、马鞭草、向日葵、千屈菜等几十种名贵花草,百花齐放时,万紫千红,近观如迎风海浪,远望似彩虹披挂,甚为壮观。驻足花海,清风拂面,花香扑鼻。

幸福庄园占地 3500 多亩，园主依据地形地貌编制发展规划，为旅游观光者打造幸福家园。庄园拟建三大特色：

其一是生态。花卉、苗木、果园，可采摘、观赏，观者体验生态美。

其二是旅游。养生、运动、娱乐、度假、美食，游者享受快乐美。

其三是文化。青云国学院、文化创意园、梅文化论坛、中华武术文化园、太子广场、会议中心、青少年德育基地、养生保健研究院、婚庆中心等，访者体味人文美。

幸福庄园还是《福州晚报》读者服务基地。读者不仅可以品赏珍果、认养果树，还能体验农事劳动，亲自参与田间管理。

二

庄园附近有乡村文化可以领略，如太子坟、将军庙、将军树、仙足迹、红军洞、白云溪、添福瀑布、七里峰、顶际寨、古茶园遗址、梯田、花海等，最令人称道的是"太子传说"。

传说，北山岭下曾出过太子[②]。

太子刚出生时就会跑，左手拿米筛、右手拿箩子，谓日月之征。

"太子间"古居

时乡中有一恶人,见太子跑出,就持刀追赶。太子大惊,仓促逃走,但筛、箩碍脚,欲跑不得,眼看就要被追上了,太子急把筛、箩扔掉,顿时天地无光、日月失色。太子闪身没入森林,见有一空心树,急忙躲进。恶人见状,挥刀砍树,可是树上的刀口马上就合上了,一直砍不断。太子藏在树中,见恶人无可奈何,高兴地失口说:"不怕千万斧,只怕口难看。"恶人顿悟,转身回家拿来大锯锯了大树,太子溅血而亡。

皇帝听有太子出世十分欣喜,即派水军迎接。水师出发时把北山岭下听错成渔溪岭下,赶到渔溪岭下时方知路错,急忙折往北山岭下。水师抵达北山岭下后听闻太子已死,未能履命,自觉无颜回朝面帝,全军撞死岩下化成石阵。

由此,清凉留下"太子村""太子墓""将军庙""将军树"等名。

"水师殉身化石"在《县志》记载中实称"仙迹石":"在北十七都岭下村。山半有巨石二,相距数武,广丈余,长倍之。男、女、

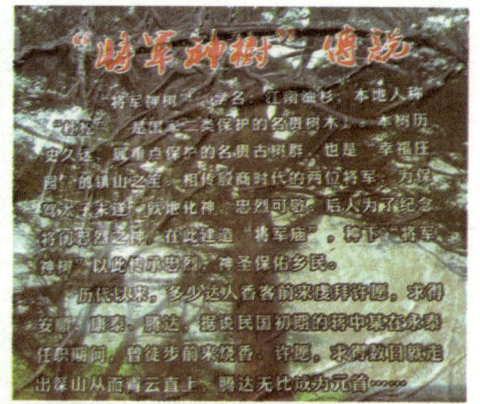

牛、羊、鸡、犬各足迹嵌入石中纷如也。巅复一石，穆然趺坐，遥望若大夫慈悲现身说法，俗呼'观音石'。"

民间所传"太子"出生地尚存"太子间"一隅。为纪念"水师将军"忠义之举，乡民于幸福庄园后山立"将军庙"，庙前古树名"将军树。"

太子及将军传说在清凉广为流传、不绝于耳，只是故事情节异于仙洞。此外，清凉尚有部分地方特色文化：

（1）节孝坊

祝演村的黄土窝溪畔，树有节孝坊，保存较为完好。坊建于清道光二十年（1840），为旌表已故贡生张锦妻卓氏早年丧夫、30年抚孤、风霜苦守事迹而立。坊高约6米、宽约5米，坊柱前后各有镌联。正面联："三十载抚孤风霜苦守，千百年遗范日月争光"，"节凛冰霜龙章宠锡，贞同松柏鹤算绵长"。背面联："羡彼未亡人克完厥节，怃兹藐孤子无添所生"，"志矢柏舟青灯自守，恩叨凤阙紫诰遥临"。

(2) 石鲤鱼

祝演村的坑溪上游有块岩石，状似鲤鱼，人称石鲤鱼。传说古时有一仙人路过此地，见石相可爱，便点石成灵。涨水之际、月明之时，石鲤便跃跃戏水，发出阵阵欢腾之声。该村因故书香日盛、人才辈出、族人兴旺。

(3) 鹤迹岩

据《县志》载，鹤迹岩在"北十六都，距城十五里。有'龙门''眠云寮''仙人石''雾海'诸胜。岩形如鹤翔天半，因名。光绪间，樵者踬其地得之。片石嵌空，容数十人。里人张绍鉴、张玉璞等新辟，依山构阁，颇参差得法"。

(4) 文行厝

北斗文行厝，白墙、青瓦、花窗，古朴、凝重。1939年基督教公理会创办的私立长乐培青初中，为避免日军侵扰而迁至文行厝办学。1942年9月因校舍拥挤，培青初中与同仁初中联办，称"培同中学"，师生100多人，1945年抗战胜利后迁回长乐。房主张文行对长乐师生的到来予以全力支持，除腾出大多数房间外，还打通厢房为教室供师生使用。1975年11月文行厝还开办过永泰五七大学（永泰县建筑

职业中学前身)。

　　清凉地理位置优越。依托乡村历史、人文积淀、天然环境等有利条件,地方部门制订符合乡村实际、各具特色的村庄远景规划,大力发展乡村经济、生态农业、乡村旅游等特色产业。

　　清凉,正在感受现代幸福。

注:
①部分资料参考《清凉张氏族谱》,张友龙、林志成协助收集。
②此乃一种说法,另一种说法,将军庙旁的将军碑有详述。

文蔚文澡[1]

文澡村位于同安东北部,毗邻丹洋、官路以及大洋镇的旗东村,分文澡、章坑两个自然村,村名取自朱家楹联"文章振家声"句之"文""章"和当地自然地名之"澡""坑"。村中小溪流淌,滋润沃土。境内还有石马寨、狮形垅、观音岩、圣君岩、乌岩等多处景观。

一

文澡村地呈半月形,村里水源丰富、土地肥沃,勤劳的村民,自古于此耕作,种植水稻、番薯、毛竹、茶叶、芋头、生姜等。农耕时

代的老一辈人，除了披星耕耘、养家糊口外，还在农闲时凭自己的手艺，外出夯土修桥、缝制蓑衣，以贴补家用，足迹遍布永泰、闽侯、莆田、南平等地。山村缺盐，青壮年还要远涉莆田挑盐，历经岭路、葛岭，几经辗转方可到家。任劳任怨的文漈人就这样年复一年地守着故土、恋着山水，繁衍、培育下一代。

二

朱氏源于朱襄氏。朱襄氏是伏羲氏的大臣，被封于朱（今河南柘城），以赤心木"朱"②为图腾；后朱襄氏成为炎帝，其后代即以"朱"为姓氏。

文漈村民乃朱熹③后裔，迁自尤溪。朱氏于文漈定居已有600多年。朱氏族谱记载：朱宝中武举，于江西建昌府南丰县任镇抚④，明永乐二年（1404）奉诏移屯（屯军）福建永福县二十一都的珠洋，卸任后迁居到二十三都中和乡"官显里"黄土岭（今章坑）。

文漈朱氏先辈的历史遗迹有：上新厝，系朱氏二支祖厝，清代建筑，县级物保单位，常称"凤形厝"，俗名"对面厝"；清朝雍正年间续签的《联签合约》，其中记述了朱氏先祖来文漈屯居的缘由、路线以及住房概况。科举年代，长房支系的朱祥南中过举人。

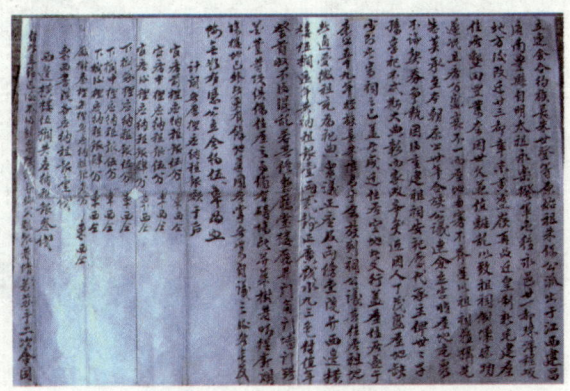

此外，文漈的基督教信仰也有相当的历史。20世纪初美国传教士伊芳廷曾到村里传过教，基督教文化就是那时流传下来的。

朱氏有两副传世名联："家绍考亭学，门晋拆槛忠"，"紫阳绵世泽，文章振家声"。联寓：朱家绵延"考亭学派"[⑤]，"紫阳学范"[⑥]世泽后裔，朱家振兴后人励志。文漈朱族，不失朱子遗风，享有日不拾遗、夜不闭户的美誉。文化上，文漈人承古启新、文风浓厚。

三

村里留存"盘古帝殿"残碑一方，值得考究。

《三五历纪》述盘古：天地混沌如鸡子，盘古生其中，万八千岁。天地开辟，阳清为天，阴浊为地。盘古于其中，一日九变，神圣于天地；天日高一丈，地日厚一丈，盘古日长一丈。典故说：天地分开，

盘古形成阴阳两气,阳清之气上升为天,阴浊之气下降为地;盘古在天地之间一日九变,天日升高一丈,地日加厚一丈,盘古每天增长一丈;如此过了一万八千年,最后"天数极高,地数极深,盘古极长","天地"形成。

与盘古有直接关联的是东岳帝君。东岳指山东省泰山,东岳帝君就是泰山神。《三教源流搜神大全》称,东岳帝君乃盘古氏九世苗裔金轮王少海氏与其妻"弥纶仙女"所生之子,名"金虹氏"。"金虹氏"在伏羲时得封"太岁",神农氏赐金虹氏"天符都官"。后封建君王对东岳帝君一再加封:汉明帝封"泰山元帅";唐武后封"神岳天中王""天齐君";唐玄宗封"天齐王";宋真宗封"东岳天齐仁圣王""东岳天齐仁圣帝"。

综合史料,文潆的"盘古帝殿"有两层含义:古民开荒拓土、借农耕而计,崇盘古"开天地"之气神,祀而拜之;东岳帝君乃盘古九世裔,史上曾获"圣帝"封号,并列受奉。"盘古帝殿碑"属神庙之物,文潆先民建过"盘古帝庙"。

四

文潆的文化精华毕集于当代文人朱凌志。朱凌志,原名朱天容,号文山居士,生于1945年1月,为朱熹第26世孙,小学毕业,个人诗词选《凌志集》由中国国际文化出版社出版。其诗词个性鲜明。

(一)即兴而吟,纵情奔放。

《吟重庆》:"两江交汇起天门,渝水巴山秀古城。情漫红岩新韵醉,嘉陵夜色更迷人。"

《华蓥踏歌》:"节后偕媛别岳禀,春风送雨上华蓥。节出惊蛰仍寒战,重聚初春却暖心。拥众谈经非五鹿,坐堂施训正八音。共襄大计长极目,逸远登高阔步行。"

《石林奇观》:"绝尘风掣跑,途驻进餐猴。远眺群峰矗,近观石柱收。三分夺目秀,万众恋凝眸。名胜情留引,神工智慧高。"

《留春令·游鹿园》:"绿浓初夏,逸飘云淡,箭飞轮快。钗汉欣游醉花香,柳韵碧透荷塘翠。惹乐艳开屏雀媚,塔高观远蔚。麋鹿园中戏雌雄,海珊异,蝴蝶会。"

《浪淘沙·三峡工程颂》:"抽剑试长江,斩断巫山。长缨水下缚龙王,壮志移山降五帝,气贯长天。截坝竖飞墙,浪遏云烟。山河起舞绽新颜,刮目西陵今壮丽,换了人间。"

(二)歌山歌水,思乡情浓。

《中秋吟》:"天高云气爽,江澈水轻寒。雁去啼声远,蝉开歌韵甜。夜明白似昼,地亮皓凝霜。惊首星空处,满弓月正圆。""萧瑟秋风尽,银河了渡情。广寒樽举对,宫禁寂娥吟。玉兔葡萄献,吴刚桂酒迎。关山留画卷,天地乐盈盈。"

《朱门谱》:"千年古圣理朱禅,几度兴衰经典传。家绍考亭学罕世,门升折鉴忠流芳。文笔际蕴凤山丽,章法坑掀鲤浪翻。万代尊荣门第耀,棹歌一曲韵犹长。"

《满庭芳·故园赋》:"东望西楼,清流南注,古树桑巨参天。睡桥将跃,春色满人间。常梦家园旧物,思难忘、稚趣童颜。别无恙,戏儿恩怨、成过眼云烟。时光。虽渐逝,转而自立,笑济时艰。太湖酷观鱼,阅尽水天。秋夜登楼赏月,举头处,舞韵翩跹。歌风雨,唱红花俏,景色著无边。"

《满庭芳·山村烂漫》:"叠嶂屏峰,层峦峻峭,镇东虎踞狮昂。凤鸾西驾,南扼蟒蛇藏。白马从容面北,泻流细、跌去蜿蜒。文阁隽、淀积厚重,荟萃墨书香。麻桑。革旧貌,怡人大道,楼矗新盘。浪卷稻菽翻,极目田园。茶绿环山翠媚,移倩影、遣寂窗前。童儿戏、嬉泼水溅，惹乐鹊开颜。"

（三）借景托志，气贯长虹。

《云雾霜雪》："云如华盖覆穹苍，雾似幔纬抚秀川。霜打蜡梅花怒放，雪凝松翠最轩昂。"

《卜算子·咏梅》："数九叩齿寒，更起西风冽。已是冰封满地白，红点隆冬偃。霜作口红施，雪以胭脂借。遍野花枝竞俏时，傲享情中惬。"

《沁园春·塞外创业》："漠北金秋，气爽天高，萧瑟叶飘。望排云飞渡，雁群渐去，风斯烈马，戏蹦羊羔。昔壮挥遒，昏今对酒，醉谢蒙包悲落凋。当刮目，看五洲骤变，浪起飞舟。情堪天地悠悠，有无限风光日月昭。聚五乘巨浪，波兴南海，迎潮北进，塞外风骚。零落之邦，百颓待振，逐鹿草原试比高。同舟济，更时艰共克，壮志当酬。"

"崇文经武青山含秀德为重，飞漈激翠绿水蕴明善是本。"这是凌志先生撰留于村口的楹联。

注：

①朱金都为本文提供部分资料。

②"朱"字在甲骨文和金文中写作"朿"或"朿"，小篆写作"朱"。古汉语字典《说文解字》曰："朱，赤心木，松柏属。从木，一在其中。"即：朱姓的"朱"字，它原始的意义并非红色，而是指称一种树心为红色的树木。

远古先民，往往以某种动物或植物作为氏族群体的神圣象征，并认为全体氏族成员都是这种图腾的后裔。朱姓的形成，也是图腾崇拜的结果。他们把赤心木叫作朱木，并把它当作本氏族的神而崇拜，认为自己就是朱木的后裔。于是，朱木便成为该氏族的族徽和图腾，氏族因此称为朱氏族，这一习俗被本氏族代代相承，并得到了周围其他氏族的普遍认同，朱氏族便形成了。

③朱熹，祖籍江南东路徽州府婺源县（今江西省婺源），出生于南剑州尤溪（今尤溪县），宋朝著名的理学家、思想家、哲学家、教育家、诗人，闽

学派代表人物，儒学集大成者，世尊称为朱子。朱熹是唯一非孔子嫡传弟子而享祀孔庙、位列大成殿十二哲贤者。

④镇抚，官名。元、明均于诸卫置镇抚司，设镇抚等官；明锦衣卫所属有南北镇抚司。

⑤即朱子学派。

⑥朱熹理学成就于武夷山的"紫阳精舍"。

古朴寨里[1]

寨里村位于永泰西南部，属丘陵地带，环境幽静，气候宜人，面积8.5平方千米，现有人口1300人，辖7个自然村。全村农业以种植业为主，森林资源较为丰富，经济作物主要有李果、茶叶、柿子、青梅等。

村里的竹头寨（又名官明寨），因建筑物毁坏严重，在世人眼中它不受褒扬。其实不然，只因人们未解其文化内涵之故。

一

族人介绍说：先祖勤俭起家，早年牧牛放租，有些积累后开始慢慢购置田产，经两代人的努力，积蓄了一笔家产，由此择地筹划建寨。

竹头寨建造者官明，宽厚待人、低调做人：

寨址地势较高，搬运石料工钱按斤计算，有的搬工会做手脚，重复计重，主人发觉后只偶尔提醒，并不与之作过多计较。

前往福州台江三保街（旧是码头商埠），至某商号欲购一斤金线，店家观其乡下人装扮，诧异不已：常人买金线是按"钱"（旧计量单位）买的，这人能买得起一斤？心疑而蔑视的老板，发狠话："你买多少金线我送你多少金线。"寨主二话不说，转身从斗笠夹层中取出一沓银票，绰绰有余地将此铺淘空。

寨主曾被匪帮拦劫，匪徒见其布衣装束，无油水可捞，懒得盘问，遂放行。事后方知放走的是"一条大鱼"。

寨主的三个故事，成为乡里历世传颂的佳话。留训"服有常色貌有常颜则言有常度有常式，家不欺亲士不欺君仰不欺天俯不欺人"，是其为人处世的写照。

二

竹头寨是寨里村文化的核心。寨建于清代同治年间，占地面积约4000平方米，是个大寨。"竹头寨文化"可从两个方面来看。

（一）镌联泱沱

其一，联眷族史。

廊柱："麟峰图麟世裔，虎邱绣虎人家。"黄氏传世名联概述了黄氏家族渊源史。唐光启元年（885），黄敦、黄膺随王审知由河南入闽，居闽清县塔庄，生有六子称"虎邱六叶"。三子黄富于北宋建隆二年（961）迁白云麟峰，系白云黄氏始祖。白云原名麟峰，最早的村落在万年山麓，因其峰似麒麟奔逐，故名。

其二，联寓励后。

屏门:"圣人殷今多雨露,诸君何以答升平。"(篆体)厅柱:"銮飞月窟地,鲤跃海中天。"文字凹凸有致,阴阳结合,古寨仅有。寨主心怀感恩,激励后代建功立业。

"勤俭遵前哲训,耕读绍旧家风"。这副联是竹头寨黄氏"四儒治家"之精髓:一则立"勤俭"为家风,"两世积俭勤愿子子孙孙毋忘先业,一朝新甲第庶绵绵奕奕长庇后人";二则树"耕读"为家训,"竖起脊梁立行,放开眼孔读书";三则矩"忠孝"为修身之基,"世间好事忠和孝,天下两图读与耕";四则定"友善"为齐家之本,"善为天下传家宝,恶是胸中化气丹"。

(二)雕刻鸾灌

竹头寨历经偷盗、火灾、拆建的严重损坏,但迄今木雕仍留存不菲,其中"狮子""麒麟""鲤鱼"类雕刻引人瞩目。

其一,内敛地标。

白云地理自古号称"三狮",土名麟峰。《县志》称:"麟峰,在十九都白云,距城五十里。有三洞。"明代杨泽②《麟峰》赞曰:"燕溪北来九十里,麟峰突兀凌霄起。天公地母萃精灵,鬼斧神锤破渣滓。雕琢三洞真绝妙,琪树瑶花生紫芝。仙宫佛殿在人境,瀛洲阆苑徒言为。"寨主以家地为荣,故刻物中有关狮子、麒麟的题材随处可见。登后山俯览,竹头寨的对面即"三狮"之一。

其二，物蕴史傲。

竹头寨是黄图南等白云黄氏杰才的祖居。黄图南，号沧秋，清朝政治人物，进士出身。咸丰三年（1853）登进士，任翰林院侍读[3]、左春坊左庶子[4]、日讲起居注官[5]、贵州提督学政[6]。《县志》载其曰："为文瞑坐半顷，举笔疾书，无所更撺。而辞意渊淡隽永，人亦如之。登咸丰癸丑进士，累官翰林院编修[7]，日讲官左庶子，督学贵州。有《率真集》行世。"寨主刻意在建寨中融入"鲤跃龙门"的理念，以彰祖上涌诸多历史名人。

竹头寨，在航拍下，绿带环腰，梯田簇点，犹如浮莲。深藏"莲花"宝地，却未得后人有效呵护，着实有悖"毋忘先业"祖训。在建设文明农村之风吹动下，文化传承者着手修复古寨堡，但愿他们佳夙早圆。

注：

①黄大锐为本文提供部分资料。

②杨泽，明代即墨人，成化进士，曾任武邑知县。

③官名。唐开元十三年(725)置集贤院侍讲学士与侍读直学士，讨论文史、整理经籍，备皇帝顾问。宋咸平二年(999)置翰林侍读学士与侍讲学士。明清翰林院均有侍读学士、侍讲学士，从五品。

④左春坊左庶子，官名。明清置，属詹事府，用作翰林官迁转之阶，正五品。

⑤清朝官名。顺治十二年(1655)置日讲官，康熙九年(1670)置起居注馆，满、汉记注官皆以日讲官兼摄。

⑥简称"学政"，亦称"督学使者"，俗称"学台"，是朝廷委派到各省主持院试并督察各地学官的官员。任职期间，保持职前品级，但与布政使、按察使、督抚平行；不问本人官阶大小，皆按钦差待遇。

⑦翰林院编修职诰敕起草、史书纂修、经筵侍讲，正七品。

亲亲下苏[1]

大洋下苏村，距镇5千米，辖有后洋、石牌、下苏、油洋、溪尾5个自然村，人口近2000人，面积7.5平方千米，自然条件优越，有4000亩国家生态公益林。

下苏村是福州市新农村建设综合示范村之一。走进下苏，宛如步入绿色天堂，天空湛蓝如洗，绿树环绕青山，令人心旷神怡。

下苏的新农村建设，很多方面值得学习、借鉴和推广。

（1）打造农产品牌

下苏是传统的蔬菜种植基地。村里蔬菜种植面积有300多亩，西红柿、青瓜、白菜都是村里的主打品种。除了常规的蔬菜种植外，村部还积极引导村民种植特色农作物。村民依靠各自特长，开发优质油茶、鱼腥草、芋头种植。此外，还凭借地理特色，进行羊、鸭养殖，尤其是羊的养殖，不仅在当地、而且在县外都有很好的市场。

（2）推进民生工程

基础设施建设与村民生活息息相关。近年来，下苏陆续完成了垃圾集中处理工程、道路硬化工程、安全饮水工程、路灯亮化工程，并相继开展了村庄整治、村庄绿化、水道整治等建设项目。

（3）创建农夫山庄

农夫山庄可种植萝卜、包菜、西红柿、马铃薯、莴苣、芋头等作物，一小块土地每年的租金只要400元，城里人可以来此种上自己喜欢的蔬菜。农夫山庄既满足了人们回归自然的身心需求，也为生活在城市里的人们提供一个学习农业常识的平台，还能带动本村经济的发展。

（4）营办家庭客栈

华秀祥办起了第一家农家客栈，其"下苏客栈"招牌格外引人注目。客栈门前溪水流淌、四周青山环抱，如清幽憩站。这种充分利用农村富余资源发展乡村休闲游的举措，在永泰县新农村建设中是成功的尝试。下苏客栈已小有规模，并实现了小额创收。

（5）开拓观光种植

云顶公司与下苏村签订了协议，租下了600多亩的山地种植花卉苗木，已经培种的有桂花、桑树等树种。高盖山景区距离下苏村只有8千米左右，将来下苏村这600多亩山地将会成为高盖山景区的一个组成部分。村里收取租金，村民到花卉基地务工、家门就业，一举两得。

（6）重视老有所乐

为了丰富村民的文化生活，村里建设了村民文化活动中心公园和休闲公园。小广场上民曲悠扬，老人经常怡然自得地沉浸在闽剧吹拉弹唱中，尽享夕阳之乐。

（7）开创农校对接

闽江学院选派干部驻村，帮助开展新农村建设工作。学院组织校内外专家学者，为村里制订《下苏村生态休闲整体规划》。村里建立闽江学院旅游、音乐、化工学院的大学生实践基地，为大学生实践、体验、创新、创作增添平台。同时，为解决蔬菜等农产品的销路问题，村成立果蔬合作社，与闽江学院签订协议，向闽江学院食堂供应蔬菜，并根据学院的需求发展订单农业。

下苏村地处山区，平均海拔620米，远离都市的喧嚣成就了这里原生态的田园风光。

注：

① 柯家庆协助收集本文资料。

揽色天台[1]

下洋村地处高山地区，海拔 650 米以上，背靠天台山，与闽侯县接壤，距福州直线距离只有 25 千米，村落面积约 22489 亩。现全村 700 多人，辖 5 个自然村，为国家级生态保护区。

一

这里属亚热带海洋性季风气候，常年温暖湿润，雨量充沛，土壤肥沃，森林资源丰富，70%是天然生态保护林，生长着许多珍稀动植物，其中的刺桫椤红豆杉、天杉、野山羊、山麂、穿山甲等还是国家级保护动植物。

全村盛产毛竹、木材、柑橘、橙、芦柑、芙蓉李、柿、土羊、土鸡、土鸭等农副产品，目前已发展种植槟榔芋、苦瓜等十多种蔬菜，四季销往福州市场。

下洋人崇尚自然，脚踩厚土，稳健地迈着自己坚实的步伐，在伟岸的青山、桀骜的绿水面前，谦和地坚守、耕耘着大地，那份情那份热在永葆天台山的活力魅力。

二

天台山在村的北边，主峰高1117米，是永泰东北部第一高山，山势雄伟磅礴，方圆几十千米尽是原始森林。

天台山在《县志》记载为"小天台山"："北八都桂院，距城六十里。旧有寺，名'天台寺'，今废。寺前巨木倒插泥淖中，淖深不见底。相传，仙人于百里外运来建寺余木。最奇曰'蟹泉'，泉浅一掬可尽，能供数百人饮，不盈不涸。有红蟹穴其中，出则辄雨，乡人祷雨多应。"

天台山森林植被层次分明，自下而上有热带季雨林、亚热带常绿阔叶林、夏绿阔叶林、温带针叶阔叶混交林和针叶落叶林。可是，一路上我们并未见到这种生态奇观。护林员向导跟我们解释说，十几二十年前的一次砍伐毁了原生态是主要原因。

天台山周围景点众多，沿路有天池、望天台、姜太公钓鱼、棋盘石、仙脚印、石龟、石蛇、满山红等景点。我们未认真去一一识别，因为天台山原始古道逶迤幽远，只见其始，未识其终。走在厚厚的枯叶上，行人如踩踏绒毯，但"叶毯"下的细石何时向你"打招呼"全然不知。叶隙碎阳，让人不知时刻方向。我们有幸，路上会采到天然木耳，就是当地人几年还不会碰到一次。

到了山顶，植被瞬间变为灌木草原杂混带，视野豁然开阔。躺在天台石上，让骄阳驱走疲乏，真乃以石为床、以天为被、以云为帐。此刻，你会张开遐想翅膀：春来杜鹃吐红，冬至银霜素裹，日红览天万里，霏雨缠绵喃诉。

站在"群鲟朝江"石上，放眼眺望，半个福州市尽收眼底，百舸争流，车水马龙。无论你穷目哪里，跃入眼睑的尽是福州新区新景象。

我无心欣赏眼前的美景。天台山作为福州西部的天然屏障，极具军用价值，是据守福州西大门的门将。天台石上可以停放数架直升机，若在隐蔽处架设几门远程大炮，就可以控制江面。向导说，若干年前，有个日本人来过，说是修庙，因下洋人拒之，悻去。我未料到村民竟有如此高的境界。想想日本侵华，从浪人入华就开始阴谋觊觎中国了，这些人以"切磋武艺"为名来华，实则探测中国军情、山水、交通、地貌、人力、资源、风情等，为日后日本几次大规模侵华作早期准备。看看抗战史，中国官方地图未标识的地方，日本作战图早已标识一清二楚，哪怕是一个小村庄，这都是浪人的"杰作"。如果当年国人都有下洋人的意识，日本侵华怎会如此肆无忌惮、长驱直入？又怎会有那么多以卖国为荣的汉奸？

三

天台寺，古人祭天圣地。寺前有一沼泽，原为天池，其间倒立着一根原木。相传：天池与地底相通，当年建寺时，使用的木头由外地运抵闽江，经大师施法，木头一根根从地道直通天池口，当最后的这根木头刚露出半截时，监工的徒弟多嘴说声"够了"道破了天机，未出的半截便永远被卡在池里，再也取不出来。沼泽实为古火山口，池水降后才成了沼泽。对于"淖木"的说法，民间演绎为传说，抹上了传奇神秘色彩。

今天的神庙仅存神殿中心小部分,沼泽边是一片芦苇。我试着探寻那根截木,一动步,泥沼下陷、芦花漫脸,只得作罢。

神庙旁有一泓清洌的"蟹龙泉",不涸不溢,即使盛夏,泉水也是穿心地冰。泉蛰红蟹,将雨则出。向导说,之前有个闽侯人抓了一只回家,得病好几天,终怕了,上山放归原处。神庙附近尚有一塔一庵,皆已失。神庙上方巨石留有仙足印,向导说,仙足印还有另外两处,一在丹云山隔、一在白云山,时仙者三足蹬天。

天台山美景,倍受名人推崇。

张鸿荃[2]《小天台》诗云:"四十余年此度游,名山护法我应羞。再来刘阮无仙子,放下鸦锄意未休。"王森芝[3]《小天台》诗曰:"群山高峨峨,绵亘少奇致。里东有天台,洞阒白云闪。刘阮岂前身,剧药穷幽闭。不知磴径仄,但觉肩舆累。兹山本古浙,命名胡不异?或者仙人踪,神游八极地。石穿没行迹,江远饶画意。低洼枯木攒,浅水勺泉沸。置身苦不高,失足亦防坠。凉风天未来,衣襟扑晴翠。"

祭天神庙早已倾覆,呈现在眼前的只有供奉着神像的残台,如同已遁去的武状元江伯虎的故居,唯有残垣依旧在向今人诉说着两者过去的荣光。我们已无从考证远去的历史。如果山水绿叶有人文红花的点缀，天台山的色调，将似文人画一般瑰丽而"画中有诗"。

下山路上我一直窃思着：天台山沿途石壁兀立、形态各异，若辟为景，修复神庙，加以刻石，那该是如何醉人的仙境！

天台山独领风骚，其色其光华实而富意境，无与伦比，山谷、阡陌谦恭柔和。这是难得的一方净土。虽有丁点遗憾，但那也是一种残缺之美吧。

注：

①林乃瑜协助收集本文资料。
②张鸿荃，丹云人，1852年进士，任刑部河南司主事、浙江尽先知府。
③王森芝，清代文人。

凤翔仙岭[①]

大樟溪自西向东呈S形蜿蜒进入葛岭境内。方广名胜外,葛岭尚有与众不同的地方文化、自然风光。

一

葛岭九老侯氏于明嘉靖年间由漳浦十七都莲花峰迁来,现有人口近3000人,始祖笃清。侯氏族谱曰:"吾族原是姬后裔,始祖成师封晋侯;定都曲沃建晋国,春秋五霸一列强;因被家臣韩赵魏,三家分晋国灭亡;微官失职为纪念,以爵为姓世代传;及秦统宇灭六国,被徙屯垦到燕垣;因元夷狄侵华夏,不甘统治我中原;九眷六亲分奔

走,离城四散觅桃源;故以上谷为门第,以此为凭同家门;凡我儿孙传万代,上谷家声不可忘。"这种以诗为史的写法,在永泰的族谱史上确是罕见。

九老是我国著名化工之父、侯氏制碱法的发明人侯德榜的祖籍地。侯德榜,著名科学家、杰出的化工专家,我国20世纪化学工业的开拓者。20世纪20年代侯德榜突破氨碱法制碱技术,主持建成亚洲第一座纯碱厂,1926年中国"红三角"牌纯碱入万国博览会获金质奖章;30年代领导建成了我国第一座兼产合成氨、硝酸、硫酸和硫酸铵的联合企业;四五十年代又发明了制碱新工艺、碳酸氢铵化肥新工艺,并使之在60年代实现了工业化和大面积推广。他还积极传播交流科学技术,培育了很多科技人才,为发展科技和化工做出了卓越贡献,成为近代化学工业的奠基人之一,是世界制碱业的权威。

侯氏祖业花厅厝也是文化积淀之一。上花厅构思奇妙、匠心独具。
首先,进厅地面设计蛇形图案。
至于何意,侯氏前辈传承给后人的仅是有关"乾派"与"坤派"

的"风水"传说。花厅一副屏联给我们一些启示:"画宇凝祥柳绿花红四面云山舒锦绣,华堂聚富兰芳桂馥满院花雕献文章。"

造字里,"蛇"具有神秘外表与熟练处世、博学钻营与冷静沉着、特殊才能与始终斗志的含义。侯氏祖辈,把蛇图案引入祖居建造理念,寓含期盼子孙不要炫耀自己才能而是暗自砥砺并按照计划逐步前进、以自己力量来创造飞黄腾达事业的夙愿。

迁延到地方乡土文化,蛇有其特定蕴意:

闽地称"闽",与闽地多蛇、闽人崇拜蛇有关,古代《山海经》②就记载有许多有关蛇神的故事。从远古一直到现在,闽人崇拜蛇习俗相袭不替。闽越国遗址中也出土许多印有独特蛇形标记的西汉板瓦,在现在的福建各地有不少蛇王宫和蛇王庙的建筑。《闽都别记》③记述了方广岩人蛇相恋的故事,缠绵悱恻,很是动人。

有些地方认为蛇是权威与吉兆。公元前的欧洲国家使节把两条蛇的形象雕刻在拐杖上,代表使节权,是国际交往中使节专用的权杖,蛇成为国家和权威的象征。在民间蛇是财富的象征,蛇有自己的地下王国,里面有无数宝藏,所以想发财致富的人都会到蛇庙中去虔诚祈祷。

其次,雕刻富含儒学之风。

画面上：右边是点着的台烛，左边是书墨笔；中间是功名榜，上镌探花、状元、榜眼，下刻会元、进士。画意：秉烛耕读，追求功名。此表主人倡导读书、励志科考的美愿。

其三，形成地方文教中心。

花厅厝有如此文化之韵，其与永泰教育有些关联就不足为奇了：

（1）主持编撰民国版县志的王绍沂曾于此办过"余不及斋"，收徒授学。

（2）抗战时期，福州7所中学内迁永泰，其中私立福州三山中学初中部，于1943年秋迁来葛岭基督教堂，教工、家属住花厅厝，师生共300余人，抗战胜利后，迁回福州。

（3）新中国成立后早些年代，这儿还办过幼儿园、小学。

葛岭古民居不多，在城镇化号角下，花厅厝是传统文化的一个亮点。

二

白马大王庙位于葛岭后山。入伫白马大王庙，俯瞰葛岭，"凤翔仙岭"顿时展现在眼前：环山为翼，"翔凤追仙"。

庙左，古道幽静，古松擎天；庙右，"根抱石""亲子石"恬静听泉；庙下，火山石，层层褶皱还在刻录着当年地壳运动时岩浆的次

次喷发；庙前，"风动石"，仰首傲视葛岭的山山水水、匆匆过客。

物不在多，有奇则妙；寺庙虽小，新人耳目。置身于奇异大地之间，你会真正体悟到何谓"鬼斧神工"。

三

葛岭浪漫莫过于赏梅。元月期间是最佳的赏梅季节。无论你选择哪个山包，都是观赏的好去处。

沿着山间小道而上，你可以观赏到成片盛开如雪的梅林，亲近梅花的曼姿和风韵。梅花缤纷，梅影剪剪，徜徉于花丛之中，微风阵阵掠过，犹如浸身香海。进入花海，你便仿佛来到了北国雪野，那白色弥漫的山峦、那皑皑雪染的山谷，在青山绿水映衬下分外妖娆，村落民居"镶嵌"在花海中，仿如一幅精美的乡村山水画卷。

我国是梅的起源地，青梅的栽培至少已有3000多年历史。西汉时就已引入朝鲜，唐朝引入日本，近代又从我国或日本引入欧洲传到美国。永泰县种梅，历史悠久。《县志》载："梅子，杏类。土人取其实制为'白梅''乌梅'。入药品，能解渴，杀虫。或曝干以佐食品。""土人"即永泰远古居民，说明永泰种梅在移民入樟之前即已有之。葛岭植梅全县之最，大大丰富了其历史文化内涵。

四

位于斗湖自然村的斗湖天池，又名赤壁斗湖，海拔987米，水域面积60亩，南邻莆田大洋，北毗赤壁峡谷，东靠福清后溪，西接连绵群山，西北与云顶天池遥望。

"与陈山并峙。上有四胡。民于湖旁颇垦为田，稻熟辄为鹿豕践食；又山高风猛，劳而无获。后为方广寺田。"《县志》对斗湖的记载侧重于农耕方面，未详其韵。

瑶池斗湖，曼妙无穷。斗湖天池是在古火山爆发时形成的，从未干涸。湖水荡漾，小荷吐蕊，花枝招展。万亩高山草甸簇拥着天池，满山怒放的杜鹃花辉映着天池。天气晴朗时，于山顶俯视周围百里，青云山、瑞云山（莆田）、古崖山尾（福清）尽收眼底；"欲与天公试比高"，直教你心境坦荡、忘乎所以。

斗湖少女，"羞纱"待揭。

葛岭本名凤岭，因葛仙君造访而新名，虽有点"憋屈"，然若非仙者赋名，焉有今日之诗意？

注：

①侯熙为本文提供部分资料。

②《山海经》，先秦古籍，是一部富于神话传说的古老地理书。它主要记述古代地理、物产、神话、巫术、宗教等，也包括古史、医药、民俗、民族等方面的内容；此外，《山海经》还记载了一些奇事，其中最有代表性的神话寓言故事有夸父逐日、女娲补天、精卫填海、鲧禹治水等。

③《闽都别记》成书于清乾隆时期，凡401回，120余万字；以章回小说形式描写了福州地区的社会生活，记录了大量的民间传说、历史故事、地方掌故、风俗习惯、名胜古迹、俚谣俗谚、方言土语等；保存了大量的历史资料，可补正史、方志的不足，是研究福建地方史、社会学、民俗学、语言学的重要参考资料。

澹澹大樟

大樟是永泰城关通往福州的水陆咽喉之地，离福州25千米，距城关30千米，是塘前乡政府所在地，由大樟、塘前、北溪三个自然村组成，村民600多人，全村面积10平方千米，与福清一都邻近，龙屿溪绕村而过，福州和永泰城关均有公交线路（湾边大樟专线和永泰大樟专线）到村部。

一

龙屿溪是古溪，《县志》称之"龙屿十八溪"："在一都。源发于福清，自龙屿逶迤为十八摺，婉转若游龙，至大樟入大溪。"溪上架有石桥，全桥石构，名"石碇桥"，又因状如马齿，人们谓之"马

齿桥"。但从结构上看,更像是"铆齿桥",桥板是铆在石碇的凹槽里。该石桥在《县志》里称"樟溪桥",建于宋绍兴三年(1133)。

桥的南岸是大樟、北岸是塘前,村人张长老为了便于两岸往来建造了此桥。全长36米,共27个石碇。桥是古驿道必经之路,是通往福清的主干道。

这种桥,虽不起眼,但在永泰县还是"孤品",唯余此桥。桥虽不大,但建造独特,利用石件稳重防水,经久耐用,彰显建造者的智慧。石板挺长,一截就是5米,宽、厚大于半米。我们很难想象,在原始工具时代,人们是如何从大花岗岩石上开出方条石板并搬到溪边的。

后来道路改建,石桥就慢慢退役了。加以长年溪水的冲击,现仅剩一段。古桥像老者一样,年大了牙齿开始脱落,铆齿等构建散落四周。光亮的石板刻录着匆匆过客的脚印。

二

一块铆石,原是"护林宪示碑",因损坏和风化,我们无法解读全文,只能辨识其中部分文字:"宪票"①"宪牌""院司察核""本府查考毋违""碑谕远近居民人等""同地保人等"。这块石碑立于乾隆二十六年即1761年,距今已有250多年了。

据有关专家介绍,乾隆年间,大樟民众种植了大量的林木,但盗伐现象严重。因案件频发,民众恳请官府打击盗砍盗卖,于是官府发布告示警谕社会。

护林碑是文物,永泰县迄今才发现一块,反映了古人的生态保护意识,有很高的史料价值。

三

大樟有座鳌头宫,《县志》载:"在三都。祀敕封灵惠尊王。宋绍兴三年(1133)建。元至元甲子(1264),林宣义重修。叶文忠②公题曰:樟溪胜境。"

"灵惠尊王"即"灵安尊王",又称青山王,是民间信仰神之一,原名张悃,是五代"闽国"的一名将军,曾率兵驻守惠安青山,因抵御海寇建功,殁后,乡人立庙祀之。

据《惠安县志》记载:宋建炎年间(1127—1130),张悃助官兵抵御海寇有功,朝廷"赐庙额诚应,封灵惠侯,妻华氏封昭顺夫人。景炎元年(1276)进封灵安王,夫人封显庆妃。至今有司,岁一致祭"。

供祀"灵安尊王"的庙宇,也称青山宫。自古至今,每逢三月初十(青山王忌日)和十月廿三日(青山王诞辰日),信众都举行隆重的祭典活动以示纪念。

许是受到地方信仰文化的感染,明朝时大樟的方余,是抗寇抗荷的英勇人士,《县志》述:余"弃诸生从戎,平海寇累功,授钺分镇浯屿";后荷兰入侵,"余单骑临谕之……即退归东岛"。

年久失修的鳌峰宫,为泥石流冲毁,乡贤于近年集资重修。

四

大樟几无耕地,村民以外出打工创业为主。富起来的大樟人纷纷整饬家园,一幢幢别墅式楼房拔地而起,给大樟注入新的生机和活力。

"凭寄山水丝竹、品位清风明月"的"唐乾明月"板块,是大樟最拿手、最亮丽的现代建设手笔,其境既有青云山的挺秀又有大樟溪的柔情，群山环抱，曲水围绕。"唐乾明月"将大樟紧紧相连，令大樟藏风聚气，为全县山水新区一个令人瞩目的典范之作。

大多人只识大樟是永泰县最早县治所在地，焉知其还蕴藏诸多我们已知和未知的历史信息。古老的大樟，如澹澹龙溪，流淌的是历史、书写的是乐章，无论如何解读她，你都不会有墨穷的时刻。

注：

①"宪票"亦称"宪牌"，旧时官府的告示牌或捕人的票牌，明清两代都有此文书。清代的省级地方官抚台（巡抚）执掌军政大权，藩台（布政使）主管财赋、民政，臬台（按察使）主管司法刑狱和官吏的政绩考核；三个衙门为地方三大宪，向下级机关的行文主要是"宪牌"或"宪票"。

②叶文忠即叶向高。

绿色芋坑①

芋坑村，地处永泰县东部，东接福清市、西界葛岭镇、南连福清市一都镇、北邻岭头村，距乡政府8.6千米，离县城38.7千米。

一

芋坑村，经历了以下历史沿革：

宋和明清均属丰和乡永安里；元代分属一、二、三都；民国初属东区，民国二十五年（1936）属四区，民国二十七年（1938）分属龙屿、赤鲤乡；1950年属四区，1955年属葛岭区，1958年属城关公社葛岭管理区，1978年改属塘前人民公社（后改乡）。

1958年建立村组织，村辖蓝厝里（畲民居住区）、溪埔、大坪三个自然村，总面积12平方千米，其中畲族蓝氏人口占56%。

芋坑村部

蓝氏故居

芋坑是典型的现代新农村。1990年全村通机耕路、新建村部（面积380平方米）并通电；1996年全村通程控电话；1998年村建成可收视5台节目的电视转播台；2001年全村通自来水。畲族村种植名贵绿化树种3700多株，建设的绿化面积达18000平方米、花带5900多平方米，建有多个主题休闲公园；铺修一条700多米环村景观路②，沿途安装了太阳能路灯，对主题公园进行夜间景观亮化。

无论你何时到芋坑，晴天的雨天的，白昼的夜幕的，其美感始终围绕在你的身旁。她没有都市的燥喧，却怀山村的恬静。

芋坑，真美！

二

芋坑村是省级"农民创业示范基地"，有耕地705亩、林地6000亩、果园2000亩③。

勤劳的芋坑人不断转换经营模式。

柑橘先为支柱产业，过去村里漫山遍野都是柑橘。老产业逐渐退市后，枇杷取代柑橘，成为村里新的主导经济作物，现种有枇杷3000多亩。之后，又因地制宜地开辟了一条长达350米的葡萄沟④，拟辟金线莲种植基地、石仙桃示范基地、药用佛手园、药用枇杷园。

基础产业中，最引人注目的果园是枇杷园。枇杷成熟之际，举目所及金果争奇斗艳、果香沁心。此时，你投入果林怀抱，如临花果圣界，眼花缭乱、不知所措！

枇杷为永泰县传统经济作物，《县志》称其："冬花春实，大者如鸡子，小者如龙眼。白者为上，黄者次之。"古人谢瞻言其"备四时之气"："禀金秋之青条，抱春阳之和气，粲寒葩于结霜，成炎果于纤露。"

三

地方历史文化有"竹云寺""枕烟寺"。《县志》记载:

"竹云寺,东二都,枕烟寺麓,旧名竹云庵,毁清初。乡人就旧址旁重建。"

"枕烟寺,东二都,离县八十里。唐元徽元年(650)建(旧志作永徽元年,南朝473年)。明初重兴,今石柱等尚存。"

古代文人对两寺都赋诗美赞。清代王辉章⑤《竹云寺》:"万绿蔽天处,何妨禅榻移。此君唯竹好,入望比云宜。迹岂灰前劫?题空谱旧诗。钟声天外落,未觉寂寥时。"元代王翰⑥《游枕烟寺》:"石磴招提古,松萝暝不分。排云双树转,隔水一钟闻。林影疑残雨,山光倚夕曛。醉来归路远,秋思正纷纷。"

竹云寺的铸铁钟,是永泰县传世文物。钟上铭曰:"清嘉庆戊辰年(1808)腊月八日,永福县二都竹云寺住山僧万吉募化各坊善信建铸,伏愿大吉祥如意者,匠人省林邦浚。"⑦

洪亮的钟声,在"万绿蔽天"的芋坑,回荡了200多年,催发芋坑人追赶幸福梦如山竹节节攀高。

竹云寺、枕烟寺已废，但人们对"竹波如云、头枕林烟"的美愿心怀如初。每每谈及"竹云铁钟""枕烟石柱"，村民眉飞色舞、津津乐道，重修二寺，是他们的一大心愿。

四

史料记载：

畲族是我国人口较少的少数民族，主要散居在我国闽、浙、赣、粤、皖境内，其中90％以上居住在福建、浙江广大山区，是典型的散居民族。他们自称"山哈"，但这个名称史书没有记载。唐代，居住在闽、赣、粤三省交界地区包括畲族先民在内的少数民族被泛称为"蛮""蛮僚""峒蛮"或"峒僚"。南宋末年，史书上开始出现"畲民"和"拳民"的族称。"畲"意为刀耕火种，新中国成立后改称为"畲族"。畲族使用畲语，属汉藏语系苗瑶语族，99％的畲族操接近于汉语客家方言的语言，但在语音上与客家话稍有差别，有少数语词跟客家语完全不同，无本民族文字，通用汉文。

蓝氏畲族文化同样极具特色：山歌是传统文化的主要表现形式，青年恋爱则通过对歌来表达爱慕之情；崇尚青蓝色，少女喜用红色绒线与头发缠在一起；主要节日有农历三月三、四月分龙节、七月七、立秋日、中秋节、重阳节、春节等；崇拜祖先和图腾，农历二月十五、七月十五、八月十五是祭祖日。畲民用自己的节俗，来凝聚亲情，有些文化魅力是他族文化所不具有的。畲民拟修缮的蓝厝将成为蓝氏文化活动中心。

芋坑是畲族聚居地，良好的物质条件是文化发展的基础。畲民们发挥民族文化的优势，广泛颂扬传统文化，增厚文化底蕴，营造新农村的文化氛围，大大增强民族特色文化的感召力。

人文、地理环境特殊，生态农业和地方民族文化是可持续发展之路。我没有体验到"芋坑采摘节"的情趣，有些遗憾，然而，其天、风、山、园、水久久在我心中激荡。

我想：芋坑的明天会更好。

注：

①张文清协助收集本文资料。

②③④数据采信于村公布的资料。

⑤王辉章，赤岸人，清咸丰时期文人学者。

⑥王翰，元末潮州路总管，字用文，号时斋，仕名那木罕，安徽庐州（今合肥市）人，晚年定居永泰县塘前乡官烈村。

⑦本人前作《热土》一书第151页"竹云古钟"目下"万老""林邦馆"有误，此正。

● 史匠郑樵① ●

莆田新县镇，旧名湘溪，元皇庆二年（1313）兴化县治迁此。夹漈草堂位于巩溪村的夹漈山上，离市区北面约 30 千米。这里海拔 600 多米，山深林密，清新幽静，是我国宋代著名史学家郑樵著书立说之处。

一

草堂原是草屋。宋乾道五年（1169），兴化军知军②钟离松，把草屋改建为瓦房，题额"夹漈草堂"；门梁上落款：民国十五年（1926）重修；1985 年 4 月改建为郑樵纪念馆，1987 年 1 月赵朴初③题匾，1997 年莆田市政府又拨款修葺。前院立有郑樵被授右迪功郎④"圣旨"碑一方。

夹漈草堂附近，有"曝书石""观星石""书亭寨""洗砚池""瞻星台"等景点，这些景点与郑樵的活动都有关联。

夹漈草堂为区级文物保护单位，悬山顶平屋 3 间，土木结构，中厅有案，悬郑樵画像和置郑樵塑像，近年又于堂前两侧建两庑，展览赞颂郑樵和草堂的诗文等。

二

郑樵故宅遗址，今属庄边镇的林边村，古时属于湘溪境域，面积约700平方米，故址右边为广业书院，郑樵居住广业书院的左边。溪东草堂，位于湘溪之西的夹漈村溪东自然村，平屋一间，室内横梁上刻有"郑氏故宅"等字，宅原是郑樵从兄郑厚的，郑樵童年时从郑厚修业于此。

郑樵，字渔仲，是我国著名的历史学家。宋绍兴二十七年（1157），郑樵著书50种，献给皇帝，被授右迪功郎，郑未受。返梓后，筑草堂于夹漈山，编纂《通志》。绍兴三十一年（1161）《通志》（200卷）书成，郑樵到临安献书，高宗前往建康（今南京市），未果。次年春，高宗还临安，诏命郑樵将《通志》进献。高宗授予"枢密院编修官"，惜时樵已逝，终年58岁。

《通志》是一部以人物为中心的纪传体通史，为自《史记》之后又一部纪传体通史著作（自三皇五帝到隋），与《通典》⑤《文献通考》⑥并称"三通"。《通志》全书200卷，含：帝纪、世家、后妃传、年谱、略、列传、载记、四夷传，共500多万字。"总序"和"二十略"是全书精华，其氏族、六书、七音、都邑、昆虫草木五略，为郑樵所独创。"总序"是对其史学思想的系统阐发，"二十略"是郑樵著作匠心之处，最为详尽。樵曰："臣今总天下之大学术而条其纲目，名之略，凡二十略，百代之宪章，学者之能事，尽于此矣。其五略，汉唐诸儒所得而闻；其十五略，汉唐诸儒所不得而闻也。""夫学术超诣，本乎心识，如人入海，一入一深。臣之二十略，皆臣自有所得，不用旧史之文。"

三

郑氏两位名人常被误认。一位即本文所述的史学家郑樵，另一位是状元郑侨，由于两人同姓，"樵"与"侨"同音，又同是宋朝人，故常被人混淆。郑樵是郑侨的堂叔，郑樵生于宋崇宁三年（1104），郑侨生于宋绍兴二年（1132）。

史上有副对联"济贫请米四万石，文史再添二百章"赞美叔侄二人。

上联说的是郑侨的故事。《县志》载：淳熙八年（1181），到淮东上任常平官，恰逢淮东饥荒，侨为贫民请米4万石赈济，故万民感恩之。

下联说的是郑樵的故事。郑樵从小通诗书，然家道不运。宣和元年（1119），其父从京师太学回故里，病逝苏州，年仅16岁的郑樵葬父于越王台，从此谢绝世事、不应科举，一边守墓一边耕读。后来，他在夹漈山中筑了三间草堂，于此励志自学、饱览古今之书、贯通百家之学，终成《通志》巨作。

注：

①范启建协助收集本文资料。

②知军，宋代官名。军的长官，一般由中央派员，全称"权知军州事"（暂时主持地方军队和民政事务），亦称军使；实际是以朝臣身份任知州，并掌管当地军队。

③赵朴初，卓越的佛教领袖、杰出的书法家、著名的社会活动家和伟大的爱国主义者。

④迪功郎，始于宋，从九品。

⑤《通典》，唐杜佑撰，200卷，中国第一部体例完备的政书，内分九门，子目1500余条，约190万字；记述唐天宝以前历代经济、政治、礼法、兵刑典章制度等。

⑥《文献通考》，简称《通考》，马端临编撰，记述从上古到宋朝宁宗时期的典章制度。

随 感 篇

人生就像单程旅行。
纷繁世上的人们，
只有亲身经历，
才能深深体味生活。

◦ 父 母 生 日 ◦

一

我的父母都早已过世。父亲于 1994 年初去世，时值农历年前二十五，那年是小年，二十九就是大年了。父亲走时才 69 岁，在农村不算长寿，我们指望他能过完年做个七十大寿，未能如愿。母亲 2007 年过世，事发突然，半个小时不到就离开了，离世时刻我们做子女的都不在身边，至今愧疚。母亲享年 75 岁，于世人还说得过去。

我家是大家庭，连奶奶在内共 10 口人，我们兄妹共 7 人，六男一女。所以父母一生操劳，并未真正享福。父亲劳累过度，50 多岁就病下了。父亲正月初一生日。印象中都是母亲在这天象征性地给他煮蛋面，就算过了生日。50 岁那年正月，按当时传统，生产队来给父亲贺寿，就是那次，父亲才真正过上一个像样的生日。我们做儿女的，在父亲有生之年没有单独给他过生日，现在想想非常抱歉，也留下终身遗憾。

母亲总是任劳任怨地操持大家庭，儿子长大后陆续另立门户了，母亲跟小的过生活。因家大、生活困难，家中难免磕磕碰碰，受气的总是母亲，她常在暗中落泪。后来生活好些，儿子们也经常外出谋业，母亲的生日，也就淡淡忘了。母亲没有做五十和六十大寿，说女人家不宜。而事实上是父亲那时已经卧床，都是母亲伺候。我参加工作以来，就她72岁那年的八月初四回家给母亲过正日生日，这也是唯一一次单独给母亲过生日。那次母亲很高兴，后来跟侄儿们唠叨好多次，说我孝顺。而我的内心很是惭愧，我是方家第一个大学生，给父母过生日理应是常年的事，而我没做到。

父母相继过世，现在自己业已半百，感触很深。父母其实不在于要多少的物质给予，而是需要我们做子女的记住老人。看到子女回来过生日，他们虽然总说"没空就不要回来了嘛"，而内心却是喜出望外：你看，我们儿女多孝顺啊，会记得父母的生日！那天，他们最满足、最自豪，哪怕我们空手回去！我除了深深的自责外，更多的是难以抚平心中那种无法弥补的人生缺憾。

二

现在上面只有岳父岳母两个老人了，我不会再以"忙"为借口，每年都要抽空至少给其中的一个过生日。我不想再留什么缺憾，也想给晚辈一个榜样。每次回去，岳母都是那么一句"不会乘车就别回来了"，岳父就是"呵呵呵"，虽然这些话是老重复，但听起来顺耳。他们总是拿出最好的菜来煮、最陈的酒来喝，虽然煮得不怎么样，可远比大酒家丰盛，这是家的感觉，只是我们现在都没有童年时代"狼吞虎咽"的胃口了。岳父喝了点酒，兴致勃勃地天花乱坠了：哪家怎样了，哪个老人怎么了，昨天街上又什么事啦……岳母从来话不多，偶尔一两句却很耐味，比如做善事，"做点善事没关系，帮别人总比被别人帮好"。终了，老人还是异口同声重提那句话："干吗把一个女儿送到什么意大利那么远去读书啊"……我知道老人家挂念外孙。我插不上话，就听吧。老人爱说话是好事，别嫌他们啰唆，我想。

这些年，回家给老人过生日成了惯例，老人快乐，我们欣慰。这些事做了，我们可以坦然地生活。我们的晚辈也不敢造次，就是没回来，也要打个电话问候，连远在意大利的女儿我都要求她这样做，否则我会不客气地开口骂人。我想年轻人有他们的事业，有些事暂时就由我们来做吧，但不允许他们忘了家的存在。家的核心就是长辈，事业再大、工作再忙都不是理由。但是，如果我们这辈人做不好，我们又怎能要求晚辈做得好？

给父母过生日，不是为了赢得他人的称道和邻里的口碑，而是应该这样做，如此于心可安矣。

四位老者

一

大约两年了吧，没见着捡破烂的老头。老头苍发稀疏，瘦刮脸，身子因佝偻显得尤其小，终年两色着装，春夏季白衣黑裤，秋冬季黑衣军绿裤，一双解放鞋，裹不住往外露的脚丫。

老头每天早出晚归，早上天蒙蒙亮就开工了，晚上到二十一二点收摊。因家属开小店我要帮忙，所以我对老头的工作时间记得很牢。虽是捡破烂，但他不似他人到垃圾桶去摸索东西，只拣地上的杂物；他也不要纸皮，纸皮一斤一角五，廉价而笨重，带不动；他只拣塑料品和易拉罐，一个可以卖五分。偶尔从我店门口经过，我会故意扔给他一两个空瓶罐。

每次"捕猎"前，老头总是习惯性地环顾四周，一旦有目标，就会像猫一样蹿前，很少失手。但也"失蹄"过，克星是我的店铺隔壁的财主鬼老太婆。财主鬼店面出租，一个月有1万多的收入，可她"财主假乞食"，四处捡破烂。有次，老头先看到财主鬼身边有个瓶子，快步上前要拾时，财主鬼瞥见了，抢先一步据有了。

季节对他的收入影响很大。

春季尚可，收获物还可维持他的最低生计。

夏季是一年的丰收季节，天再热也拗不过诱惑。错过这个季节，一年的储备就成问题了。老头在这个季节比较快活,因为勤劳,"财富"比别人殷实些。

秋季萧条,老头一天到时晚辛苦,还达不到春季的收成。

冬季最艰难,三九严寒依旧大汗淋淋,老头经常要跑相当多路程。有次,我外出办事,在离城区约有3千米的一个小区,看到老头还在搜寻猎物,但囊袋羞涩。

老头是外地人,流落永泰已若干年了,孑然一身,谁也不知他是哪里人和是否有家人。老头卖了废品,经常在我店边的小吃店,吃些最廉价的饱食,偶尔加个馒头。店家会说,老伯今天加餐啊?他只是点点头,自顾吃自己的,从不多话。如果加个蛋、包什么的,对他来说就很奢侈、很满足的了。

老头苦撑几年,渐渐衰下去,往昔的那股战斗力没有了,步履迟缓、反应迟滞。

一个年前的夜晚,老头死在桥洞,是冻死、饿死还是病死,已经没人追问了。老头连个身份证都没有,民政部门只好叫人把后事办了。

我祝福他:在另一个世界,满地都是金瓶罐,每餐都有加蛋、包。

二

近年,我较常回老家,在路边锅边糊小吃店吃早餐时,经常见着一个老妇。老妇八十出头,我见到的几次,都是一样穿着:蓝色襟衣,黑色筒裤,无跟布鞋。老妇苍白头发,左手拄着木杖,右手捧破碗,步履蹒跚。路人似乎已习惯了她的往来,并无多少人与之招呼。

我观察到几次,老妇每早约7点半到市场,每次都径直到这家锅边糊店。老妇不与客人抢座。若店家手忙,她就静静地待着。稍闲,店家会给她盛上一碗较稠的锅边糊。之后,老妇在一边静静地吃她的锅边糊，吃后带上自己的空碗无声地离开。

我有点纳闷。老妇若是店家的老者，穿戴不至于这般褴褛，也不会自带破碗具，更不会吃后不给洗碗。若无亲故，店家怎会那么顺手给她吃的？因为看情形，店家已经习惯了这样做。我与店家较生，不便打听缘故。

回家问询家人，那个老妇是怎么一回事？家人告知了详情，叹说，七老八十了无人养，造孽呀！

老妇家在桥边，早年丧偶，拉扯养大三个儿子，儿子都成家立业，却不养老母，老母沦落街头当乞丐。锅边糊店家与老妇无亲无故，只是同情老人，每天都给吃的。老妇一般一天会出来要两次饭。

我明白了事理，当时也不作什么思考，只是愤慨一番：这些儿子天理难容，早就得去死了！我后来也不太留意此事，直至有次突然诧异没遇着老妇，才又想起她的存在。本以为是她儿子们良心发现，接纳老母回家供养起来。一打听，说老妇死了半年了，真正哪天死的，还不晓得呢！

我只在"今日说法"栏目看到过子女不养父母的报道，未曾料到在我们身边上演类似悲剧！我不想引经据典说孝道，对于连父母都不要的人，他们会想听些什么、又能听进些什么？

老妇早年劳碌、晚年凄凉，一只破碗、一把汤匙陪她走到人生尽头。

但愿她的来世五福临门。

三

为采集乡镇人文资料，我前往长庆莲花山拜谒"香盖寺"。香盖寺位于莲花山的一个山丘上。据《县志》记载，莲花山因山峰似莲花而得名,是当地的名山。

走了一段山路,我们抵达香盖寺。驻足环顾:寺前梯田层布,寺后峦峰起伏。我们不禁叹道:若不是植被被毁,此处风光怡人。香盖寺土木结构,不上规模,在群山中不起眼,显得孤陋。

住僧听到寺外有人议论,早已到寺门迎客。我说明来意,他甚是高兴。寺里就一个住僧。老僧清瘦,僧衣褪旧,人看上去有一定岁数了。

我说,香盖寺是永泰县的老寺庙,《县志》记载寺建于924年。老僧乍听眼睛发亮,迫不及待地打开话闸。

僧说:据历任住持口传,寺庙盖得很早,苦的是没留下文字记载,而我又不识字,始终不知道建寺时间。

僧又说:我一直在找有关部门反映,要他们重视。

僧再说:他们听着听着,就烦了,说:"那么个小庙,谁知道什么时间建的啊!"

……

我始终在静静地听着,不忍心打断他的话,老僧已憋屈许久了。我眺望失去光华的莲花山脉,耳边仿佛听到莲花山的低语:建寺时我可美呢,林木葱郁,清涧流唱,你信吗?

我忽感一阵悲凉。独守青灯的僧人尚知"坚守家门、不忘家史",而凡人们却在渐渐抛弃先人创造的财富——文化的、自然的。寺僧执着,仅仅为了讨一个建寺历史的说法,然而信息时代的今天没有人愿意帮他了却夙愿。

我后悔,早来香盖寺,老僧就不用那么奔波了;我庆幸,我来了,老僧以后可以自豪地宣告:"香盖寺已建寺1000多年了!"

四

奶奶于1973年病故,爷爷则于1959年饥荒时期饿死。奶奶是典型的封建时代妇女,大家闺秀,裹着金莲,偶尔也抽些旱烟。然而方家因土匪和九十六军抢、烧,很快衰败下去,奶奶的"小姐生活"自此终结。爷爷过世后,奶奶不再当家。父辈兄弟多人,在我懂事时,父亲的兄弟只剩下两个,父亲按方家排行称"十三",我叔叫"十四"。

奶奶长期跟我家过,后来实在太穷困,奶奶才开口说要两个儿子轮流赡养,一家一个月。奶奶在我家时,吃喝都跟我们一样,并无生活上的口角;跟我叔过时,她没几天安宁日子。

我叔早年都在外地"挑担子",挨家零售些杂货,很少顾家。未知缘何,与后来的"二婶"好上了,回家后就逼着"大婶"休婚,"大婶"无奈离开了方家。"二婶"也就这样进了方家,还带来了一对嗣男女,据说男孩因小时生病错吃了人参变成傻子。"二婶"是永春人,经常讲些我们听不懂的话,时常用土话骂我叔。我儿时他们没间断过吵架,一吵就是大半天,没完没了,吵架都是因轮养奶奶引起的。所以奶奶跟他们过的那个月,实际是受气一个月。无奈的老人,腿脚不便就多次叫人把她抬到厅堂中,挂着拐杖、坐在凳上,咒自己要早死。我听到的始终是那句话:"阎罗王丢了簿,没法死去真气亏(受气)。"

"二婶"为了"出气",在奶奶吃她家的时段里,不是迟开饭就是饭菜不够,而且给奶奶的专用饭碗是缺角碗。我的记忆里,叔家给奶奶吃的饭都是很稀的。不地道的叔叔听着奶奶抱怨,一声不吭。即便这样,"二婶"还是指桑骂槐地喋喋不休。

我家男丁多,服侍奶奶的是二哥和我。二哥稍大后出门当学徒,我转为"接班人"。我很小就被父母指派,跟奶奶一起睡,平日三餐端饭和早上打洗脸水、倒痰盂、刷马桶都是必做的分内事。我上小学后,没跟奶奶一起睡,那时老人变得有些痴呆,卫生也差些。不久奶奶就只能躺在床上,但她仍旧自己起来大小便,到辞世时屎尿都没落铺。奶奶去世那时,我还没去上学,到她娘家报丧还是我去的。家里穷得叮当响,安葬费还是父亲叫我去堂哥供职的"八社"(社办建筑队)借了200元钱。

  长辈们皆已与世长辞,对他们的是是非非我不便、也不想妄加评判,期望我们晚辈都能善待亲人。

◉ 如风往事 ◉

一

又一届学生毕业了,我心中油然而生一股失落感。许久了,脑中老闪现一个人,是个女生,前几届毕业的。我犹豫了很久,是否该写她,因为男老师写女生有点不体统。我还是下决心写了。

她挺美的,高挑、白净、时尚,是正取生考入一中。我在她所在的班级上了三年的课程,高一一年,高二分科后两年。因此对她印象挺深,如果我是美术老师,至今还能勾勒出她的俏模样来。

高一上学期，因是新环境，大家都有新鲜感，老师如此，学生亦是如此。新的学业迥然不同于初中，学生尤其要尽快适应新课程。她亦然，在静静地做自己的事。高一下学期，学生队伍总体上稳定，个别的开始有些不良行为了。她特别明显，迟到、瞌睡是常有的事，后来就玩手机、不听课了。我没有直接找她，心想通过班主任去了解比较好，但是班主任找了她谈心，并无结果。分科后我又是她的科任老师，心想这个"宝贝"也许会有新姿态吧。可是，一直到高三毕业，她依然我行我素，玩手机是公开的秘密了，你提醒后刚转身她又在玩。她的成绩总是拖后腿，久而久之，老师都头疼。

她的穿着越来越时尚，每次入校门，一些男生总是情不自禁地瞟上几眼。不仅如此，在我们老师看来更出格的是她经常换男友，是年段的典型。还好，她做自己的事，不影响他人，这也使得别人对她宽容了许多。

她在班上朋友很少，或者说几乎没有，独来独往，不在乎别人。跟我们老师也很少话语，偶尔接触了，并无几句，一提到有关她自己的话题就沉默了。我观察了几次，总认为一个大女孩，跟我们隔代人怎会有共同语言？

她是一个谜，三年了从不曾听她讲起家里的事，家长也从来不到学校参加家长会。或是家境贫寒碍于出口？但看她衣着，家里并不缺钱。或是单亲自卑？可班主任说，她不仅父母双全，而且还是家中独苗。

有次上课，她手机没关静音，响了一次不接，我开始注目她了。接着又响了一次，我生气了，走到她身边。她自知有错，脸带愁容地小声说她妈车祸了，现在医院。我一听，赶紧安顿好课堂，开了摩托车带她上了医院。到那，她只是木讷地帮忙做些事，并不悲伤，没掉一滴泪，这有悖"小女有泪好轻弹"的天性。

毕业晚餐，师生激动。许是受到场面情绪的感染，她哭了，唏嘘不已。我不知道她是在发泄抑或是在倾诉。那次聚会后我再没看到她，距今若干年了。高考揭榜，她落榜了。后来没听说在学校复读，同学也说没见着她。

　　接着一些日子，我打听了其他人，陆续得到一些有关她的事。她家挺富足，父亲长期外出经商，对家庭并不怎么过问，父女之间几同路人。听说父亲在外还养小，生了个男孩，女儿的事不在心上，钱是有求必应。母亲无业，长期守着一个女儿，寂寞了也厌烦了，终日以麻将为友，女儿的事不想知道也不想过问，甚至女儿没回家过夜也不认为是一回事。

　　听了这些，我才领悟了好多：她因为缺少爱，所以才找男友为寄托，梦想找到她的家庭之爱、亲友之爱，寻找一份温馨。她自觉另类，故而远离集体。她的世界是封闭的，我们老师连她的内心门槛都没跨进半步。她在迷茫中苦度青春，没有人给她一个方向。

二

　　2007届我的一个姓吴的学生，患血癌离别已两年多，死的那年才24岁，连个恋爱都还没来得及谈上。

　　吴生个头瘦小，是家里的独生子。父亲是村干部，家境不差。我做了两年的班主任，他在班上也做了两年的班干部。吴生踏实，学习成绩中上，字写得好，工作积极，这是他留给我的印象。

　　一晃大学四年毕业，他回县里，在海峡银行谋了份差事，照理这对于他本人和家里来说，都是一件较理想的事。可上天开了个大玩笑，工作刚满一年，他就撒手人寰了。我记得毕业班体检结论，只是说他体质有点问题，并无大碍。岂料他上班不久，人就感到不适了，去医院看过病，但出于工作责任心，他忙于工作，没认真看过病。数月后生化检查，发现白细胞异常，也只是住院一个多月草草了事。

去世前的三个月，病情开始恶化，但家人并未引起重视。最后两个月，家人还是认为没事，依旧未积极筹款治疗。吴生家刚在城里买了套新房，在我们看来，疗病的钱应该不是问题。再说，现在医学发达，血型匹配绝非难事。

这时班上的学生找了我，说换骨髓需要40万元钱，问我咋办。我想不管怎样，救命要紧，就给那几个热心的同学出谋划策：向海峡银行的上级说明病情、请求资助；向红十字会申请重病救助；向社会、同学求助，争取爱心资金。我先给2000元带个好头。海峡银行领导当即批了一笔钱转到医院，红十字会也表态支持。他们在一个月内筹得善款约50万元，这笔钱都给了家长。遗憾的是，院方告知病人已病入膏肓，所有努力都无济于事了。

对于一条鲜活的年轻生命，社会的各界力量尚且慷慨解囊献出爱心，家人对自己的唯一"香火"何以如此漠视？所得善款，在吴生谢世后，家人也没有表示要转捐给社会。

难道钱真的如此重要吗？！

⦁ 崇 武 看 海 ⦁

挚友得了重病，近年每况愈下，前景令人悲忧。他嘟囔了几次，说没看过海。我们几个合计了下，做了去崇武看海的决定，以了却他的心愿。

5月初，我们出发了。我一路担心他身体能否吃得消，虽然现在交通方便，但就是从高速走，也要3个小时。还好他自己争气，没有意外之事，许是看海的意念在激发他的意志吧。我们一行约早上10点半到崇武。

一

崇武的历史沉厚。"崇武"乃"崇尚武备"之意,古名"小兜"。宋981年惠安置县时,设了崇武乡守节里,后续置小兜巡检寨,元初改名小兜巡检司①。1387年朱元璋为了防御倭寇,委派"江夏侯"周德兴巡视东南沿海。周德兴是个军事工程专家,其据泉州沿海地区海岸线曲折、地形险要的特点,"一郡者设所,连郡者设卫":泉州设永宁卫,辖五所,崇武为五所之一;惠安又建五城,崇武城属五城之一。

《崇武所城志》载:城"四方设门,各置楼于上";"东、西、北三面月城,南无月城,门外照墙为屏蔽";"东城厚设敌台一座,防贼舟随潮内讧,便于观察";"南、北、西三面卜建四座,名曰虚台,其制上下四旁俱有大小穴孔,可以安铳,台内可容数十人"。环城还有窝铺26座,供守城士兵憩用。

古城南门外的半月湾有全国最大的岩雕艺术作品"大地艺术",也称"鱼龙窟"岩雕,洪世清②就礁岩的原生态,依形取势、循石造型而创作,作品遍布于海湾滩头;钱君匋③、刘海粟④、宋屺瞻⑤等人的书法镌刻于奇石怪礁上,和鱼龙岩雕相映成趣。

二

我们无心品赏古老的城墙和壮观的刻雕,一心赶往海边。崇武的海很美,我看过东山的海、湄洲湾的海、三都澳的海、厦门的海、珠海的海,但它们无法与之媲美。崇武的海湛蓝无瑕,如一轮蓝月镶嵌在崇武海湾这块不大的土地上。崇武海岸被誉为"中国八大最美海岸线"之一,连接着"南方北戴河"——半月湾、"西沙银蛇"——西沙湾、"八闽第一金滩"——青山湾等顶级度假胜地。

  正值退潮时分,海水击打礁石,浪花翻卷,在煦日下熠熠发亮,似颗颗珍珠。我看了挚友一眼,他正专注于海的美景。他会想些什么?在想他的人生就像这海潮一样退却吗?我思绪万千。眼前的海恰是他的人生,慢慢走向谢幕的舞台,也许这是他唯一一次或最后一次能自如地看海。

  海狂怒了近两个小时,积蓄力量后转到另一个高潮,涨潮了。我们不约而同地走向海边,坐在离海岸不远的沙滩上,静静地数着一层比一层高的掀浪,美极了!海浪沿着笔直的海岸线摆开阵势,如骑士冲锋,前赴后继、不折不挠地勇往直前。我再看挚友一眼,他依旧那么专注地看海。他又在想什么呢?人生不就像海浪一样一浪一步走向高峰吗?努力过、奋斗过、成功过,就像这潮起?我想起了《海的誓言》:一个盲姑娘每天到海边听潮起潮落,苦苦等候她的恋人,终于有一天她再次听到了熟悉的脚步声,她心爱的人来了。假若挚友也像盲姑娘一样守候着海,会再次等来生命的奇迹吗?海能洗去挚友的不幸吗?海能涤走挚友的病痛吗?海能给挚友带来生命的第二次高峰吗?

  假如今天是开心的旅游,我们会在假日酒店过夜,等待明天的日出。可是我们不能等,挚友的健康状况不容许我们这样做。我们也不让他看完涨潮,因为潮涨满了,他会感到人生归于平静。就让他把海的最美时刻永远铭刻在心中吧:留下海浪击的美丽,留下海抗争的勇气,留下海奔涌的坦荡。

  归途中,我一路沉思:为什么我不是海?如果我是海,我会带走世上所有人的不幸;如果我是海,我会洗除人间的一切烦恼;如果我是海,我会赐给孜孜追求的人以幸福和快乐。

注：

①巡检司，元明清县级衙门底下的基层组织，通常为管辖人烟稀少地方的非常设组织，无行政裁量权，也没有常设主官，其功能性以军事为主。

②洪世清，福建晋江人，1954年毕业于中央美术学院华东分院；1985年起，先后在浙江大鹿岛、福建崇武半岛创作大型岩雕200余件。其岩雕以海生动物为题材，取法秦汉雄风，顺势布局，因石赋形，人天同构，极见粗犷浑厚、苍莽奇崛之气象。

③钱君匋，浙江桐乡人，中国当代"一身精三艺、九十臻高峰"的著名篆刻书画家，是一位诗、书、画、印融于一身的艺术家。

④刘海粟，江苏常州人，现代杰出画家、美术教育家。早年习油画，苍古沉雄，兼作国画，线条有钢筋铁骨之力。后潜心于泼墨法，笔飞墨舞，气魄过人。晚年运用泼彩法，色彩绚丽，气格雄浑。

⑤宋屺瞻，著名书法艺术大师。

⊙ 海 飘 之 感 ⊙

女儿到意大利留学即将学成归国了。其间的欢欣与惆怅、自豪与失落、宽慰与牵挂,伴我走过1000多个日夜。

一

女儿很自立,这是我感到欣慰的。她打小就学会煮饭、做卫生、自己整理生活用品,所以出国一个人生活我是放心的,也正因此我最后才决定"放行"。尽管刚到陌生的国度暂时语言不通,但她很快就找到了理想的居所,别人却费了很多周折。新的生活逼迫她要很快适应环境——师生的、同学的、民俗的、民族的、文化的、传统的、信仰的,她最终还是一一接受了挑战和考验。现在的她几乎是个"国际人",因为接触了来自诸多国家的留学生,并在这个新空间中生存和发展下来,而且成绩优秀、如期完成学业,这是相

当多留学生所无法做到的。

女儿出国了，家里就剩我们夫妻俩，平时上班、做事，日子虽然单调但也不会去想太多。逢年过节就会涌上惆怅之情。团圆佳节，三人之家未能如愿。第一年过大年，辞岁鞭炮震天燃放时，我偷偷跑到卫生间抽泣，怕被老婆看见。我自问：为什么会同意她到那么远的地方去？想想为了她的求学、为了她的将来，心情很快平静下来，接她问候电话时我一直在克制自己的情绪，怕她发觉了不安心。以后慢慢适应了这份孤独，电话、视频、短信、贺卡，都以好的心情进行交流，给女儿一份祝贺、一份安慰、一份肯定、一份鼓励。我们互勉：天涯海角，家在身边。

二

女儿是天生的语言家，意大利语从发音到简单对话，仅仅用了5个月的培训时间，之后就匆匆踏上行程了。她学的是硬骨头专业——意大利语言与交流，这并没有难倒她，三年多里所学学科成绩都在28分以上，最高考30分并非偶有现象，毕业论文出奇地得到110分。这些都是高分。我多自豪！为她高兴、为她骄傲。她是方家第一个留学生，样样是那么出色，完全超乎先前我的判断和想象。没有坚强的毅力、没有坚定的信念、没有自律的勇气，是难以达到这样成就的。女儿给了我鞭策，我也要挑战自己的大龄做一件有意义的事，她的精神是我完成《热土》一书写作的直接动力，今天我也成功了，聊以回报女儿的不懈努力。

女儿出国，家庭少了些许欢乐。当看到亲朋一家子过生日时，我想女儿在家多好；当看到好友儿女结婚时，我想女儿在家多好；当自己有困难时，我想女儿在家多好。每逢此情，我不再激动落泪，我要给女儿讨个吉利。家里偶有不快之事，我都没敢告诉女儿，怕她担心。事后她知道了当然责怪我们，但我们让她安心在外学习、生活的初衷达到了。

三

全球化时代，中国走向世界，国人迈出国门不是难事。但自费留学，对于许多家庭而言，还不是一件容易的事，尤其是女孩子出国留学，更是诸多家长所不愿意提到的话题，因为担心、费用、素质等等，都是摆在眼前现实的事。在永泰小山城，就是男生出国留学也为数不多，更不用说有几个女生出国留学了。我是极少数敢吃"螃蟹"的"另类"家长之一。我欣赏自己的抉择，女儿即将大功告成，今天和将来会证实我的选择是正确的。我宽慰，因为我有信心、有能力圆了女儿出国深造梦，没有缺憾。

父母儿女心连心，走到哪儿，都在互相牵挂。每次女儿往返中国、意大利，我都要等到班机着陆了才放心，哪怕是等到深夜，我也一直在守着电脑，等候一句"我到了"的平安报信；有时一时接不上网络，也要查询班机安全飞行到点才罢；没钱了，我要及时汇款，就怕女儿挨日子；有疑难了，我要帮着查资料辅助她解决；最怕她生病，那样我要跟着几天不开心。每晚中国时间9点半，我要准时向女儿报告："回来了，没事。"为了让她更放心，几年了我晚上不骑车。

海飘，儿女飘的是胆识、阅历、意志，父母飘的是理念、信心、付出；子女得到的是历练是积淀，父母得到的是坦荡是释怀。我们学会了瞭望、学会了回眸，风雨中把头抬起，辉煌中把心放低。

七夕断想

一

在激昂的日子里：我愿是一朵浪花，荡漾你萌动的青春之心；我愿是一叶扁舟，漂向你心仪的小岸；我愿是一颗闪星，照亮你旋转的舞台；我愿是一米阳光，穿越你岁月的时空。

二

春的盎然因你而炫美，夏的热烈因你而多姿；秋的萧瑟因你而却步，冬的寒雪因你而暖融。

寂寞时翻阅你的来信，欢聚时常撼身边的空席；失落时以君为勉，得意时不忘共分享。

你是我的月亮，没有你牵引，我将会被其他星球撞毁。

凝视我的双眸，握住我的双手，在你感受我爱的温度时，请跟我来。

三

一段青春，两个人回望；一份甜蜜，两个人分享；一段艰苦，两个人担当；一盘佳肴，两个人品尝；一段笑话，两个人开心；一点精彩，两个人鼓掌；一个浪漫，两个人欢畅；一段佳话，两个人谱写；一个佳节，两个人共度。

望窗外，清风摇曳，如同思念纠结着爱恋；侧耳听，爱海无边，那是柔情感动上天；闭上眼，想你笑脸，体验幸福味道闪亮点；用心盼，情意绵绵，无论何地我都在你身边；痴心等，哪怕万年，生生世世永不变。

四

让阳光把我热情的心射透，追逐风，追逐未来，汗水淋漓也不在乎。

固执不是我唯一，只想让卑微的自尊看清人间所有的爱，得到更好的待遇，真实拥有被在乎的幸福。

不相信世间会有永恒的爱情，不相信等待的最终，你会出现；只想把心放逐于蓝天的自由，高翔而去。

我有一颗容易感动的心，在多情的世界里，纺织成缤纷的记忆。然而，忧郁的心，依然执着于寂寞。

我原是神话世界里的精灵，为人们制造美梦、制造幸福。我不是一支恣意窜逃的箭,而是一个机灵的射手,把自我射向更远的流浪。

　　让我轻轻地揭开迷雾,是不是无怨无悔?是不是缤纷灿烂?想把世间所有的美丽,都拥在怀里细赏,然后镶刻在每一个平凡的角落。

　　有没有一个心灵的空间,拥有真爱、拥有平静,供我恣意畅游?轻轻地,别碎,别碰碎我的梦,让我柔弱的心拥有一丝丝坚持。

五

　　没有你的思念我很寂寞,没有你的牵挂我很落魄;没有你的音讯我很虚空,没有你的问候我很孤独。

　　我问风风在摇头,我问星星星星在讥笑;我问树树在缄默,我问大地大地却敛容。

　　我不能问他人怕遭数落,我不敢无的放荡怕没有尽头;我无法高歌怕引来非议,我只能一人静默地等候。

六

　　爱的光环已经褪色,爱的心驱戛然熄火;晨曦宛若余晖,世界如此陌生。

　　往日尽管凄凄依恋,但又能唤来什么?日月星辰在催人老,难忘痕迹又能怎样?

　　劳燕分飞之际,不知是挥手还是眼泪;转身离去瞬间可会涌现曾经心仪的时光?将来岁月中可有我的片刻依稀?

　　既已注定选择分离,且把悲伤留下;所有美丽你都带走,试问何时再来生命牵手?

七

  如果你真爱我，我会用心来表达，你想要摘的星星和月亮；虽然这是虚拟，但确是我的真情。

  如果你真爱我，要感受我的一切；假如你误解我我会加勉，但若你不理解我，那世上还有什么真挚？

  如果你真爱我，请放好我肩上的天平：一端是你一端是家，失衡哪边都会使我失去重心。

  如果你真爱我，请学会宽容：因为爱是用心包容的，可以无限拓展希望的时空也可悄然泯灭生命的火焰。

  如果你真爱我，请进入我的空间：那个"私密"世界，会告诉你很多很多，促使你从不同的棱面认知我。

  如果你真爱我，请到我的心界来：在那儿，你会感受到，除了宇宙还有个"心"的太空。

  如果你真爱我，要珍惜我们的拥有：因为我们都是凡人，失去了就不会再来。

八

  相见欢，相离远，此情此景山外山。叶凋零，草连天，彼此思念也温暖。情人泪，千百回，忆君依旧西江水。天之涯，地之角，有情人儿可偕老。

  融化一冬的冰霜，采摘初春的阳光，让快乐盛满你的心房，把温暖放在你的胸膛。溪边嫩柳枝芽绿，山中娇花含苞放，且行且赏，边走边唱，将悠闲踩在脚下，一路徜徉。

九

　　绿叶因为红花，甘做陪衬；白云因为蓝天，守护一生；繁星因为明月，陪伴永远；落叶因为清风，一路飘飞。

　　两心相印有默契，点通小事有灵犀。百转千回齐共济，万水千山情不移。即使相隔千万里，也能感触你心率。无论风霜和雪雨，也要和你肩并依。

　　采一片白云，签下一生一世的爱恋，让爱情白璧无瑕；放一群白鸽，携带不离不弃的誓言，让我们白首不渝；折一支白莲，凝聚忠贞不渝的情感，让真爱明明白白。

◉ 择业·职业 ◉

　　择业，是人生转型的抉择。在将来的岁月里，职业规划了你的人生轨迹，决定了你的价值取向。

一

　　说句内心话我不喜欢当老师，当初之所以选择师范，确是因为家穷，就图国家每月有 28 斤大米和 18 元钱的生活费。这种待遇，在 20 世纪 80 年代初，对于我们农家孩子来说，是极大的诱惑。于是，我就那样心不甘情不愿地入学师大。不仅如此，我还不喜欢历史学，但高考鬼使神差地让我最拿手的语文考了个 69 分（那时 120 分制），历史成绩 81 分最高，我就这样无奈地选择了历史学专业。那时，我沮丧了很久。在本村，我是第一个正牌本科生，当时有多少人羡慕，因为那是"农转非"的时代，考入大学意味着"草鞋改皮鞋"。可我一点也高兴不起来。
　　入学了，既来之则安之，我很重视学业，大学 4 年我没松懈过，毕业总成绩全年级第 4 名，我是 1981 级永泰籍学生师大三好生的唯一获得者。我喜欢从政，那时有一官半职，在家乡是兴耀门庭的体面事。可是，上天并不眷顾我，毕业分配，全级 70 个学生有 40 多个"戴帽"转行从政，而我没份。后来好不容易争取到了去县委党校的名额，又被"有关系"的人顶替了。我的愿望从此搁浅，日后再怎么努力也未能如愿，我跟自己说"放手"。我定位了自己：人生旅途教职相伴。

我们的时代不存在自主择业，国家分配，家人指望你有个稳定的公家饭碗，所以即使你很不愿意从事某职业或到某单位工作，你也必须接受，没有退路；"农改非"，多少人梦寐以求，谁也不敢轻言放弃。

现在是多元化时代，选择自己向往的职业，虽然不会人人如愿，但基本上可以自主。我的2011届一位学生在择业感想中写道："我知道没有多少人能够过上自己想要的生活，更有人可能一辈子都不知道自己的方向，但是他们依然安然快乐度过此生。然而，既然知道自己要什么，为什么不去试一试、拼一拼？不尝试一次，真的不甘心！在身体累得不行的情况下，我想到的是：'坚持！坚强！'我一直相信人的内心拥有改变命运的力量！即使没有改变，但你亦臻于完美！人不可有傲气，但一定要有傲骨。知道自己要什么，努力去拥有，知道自己不要什么，坚定地放开手。"

　　当代大学生拿出勇气、拿出风格，表现自我、展现自己，在茫茫的择业宇宙中，找到星空位置，实现飞翔梦想。须知：青春是一笔丰厚的资本，如果用挥霍的方式来花费，那么留下的将是孤寂；如果用奋斗的方式来增值，那么留下的将是成功。

二

　　选择什么职业固然重要，但职业态度更是决定了你从业的绩效。明确自己的岗位、善待自己的职业、无悔自己的走过，都是必需的职业素养。

　　毕业后在永泰二中工作了19年，2004年四十几岁的我"范进中举"考入一中，弹指从教卅年有余。我虽在不情愿的岗位上干着不情愿的工作，但面对无辜的求学者，自始至终未敢懈怠教学。时光磨平了青春的棱角，我渐渐地接受了这份工作：发现了受教育者的可爱，感知了家乡的美好。我不再怨天尤人，不再责备认为对不起自己的人，不再抱怨工资的低微；我没有机遇充当什么人物，但我有机会装扮自己的舞台。与其白了少年头空悲切，不如做好今天我应该做的事，不如做些自己想做的事，不如做一件人生中有意义的事。

　　我不敢说献身于党的教育事业，但我可以大声说忠于教育，无愧于家乡父老。我的天地在讲台，我的财富是学生。市场经济时代，我也有机会下海淘金。如果我选择下海，或会得到更多的物质财富，但我注定失去了精神财富。人生就是这样"舍得"。

　　全球化时代，五年河东五年河西，世界在急速飞转，摆在年轻人面前的是五光十色的万花筒职场。我能做什么，我会做什么，我是哪朵浪花，游溪、游江、游海、游洋，全凭自己的能耐，但这过程需要学会"蛰伏"。我的一位学生说过:"当你的才华还撑不起你的野心时,就该静下心来学习;当你的能力还驾驭不了你的目标时,就应该沉下心来历练。梦想不是浮躁,而是沉淀和积累,只有拼出来的美丽,没有等出来的辉煌,机会永远留给有准备的人。学会与内心的你对话,问问自己:想要怎样的人生。"这就是磨炼,这就是善待,做好今天的事是为了更好地做好明天的事。无论时代如何变化,认真对待自己的职业是不变的天理。

人人都想有一份理想的职业,都想过一种体面的生活,都想做人上人,都想步入上流社会,但这些有可能都实现吗?一个人如能持之以恒地做好一件事,哪怕你身处很平凡的岗位,也会有不平凡的时候。

◉ 如歌岁月 ◉

受过比较完整的教育的人,从小学到大学,十几年的人生黄金时间是在学校里度过的。这十几年可谓人生记忆的第一个阶段,每个人都会有一部难忘的记忆史。

一

我们没上过幼儿园,所以我们的启蒙教育是从小学开始的。那时的小学老师,多为民办、代课的,极少受过中等师范专业的教育。老师轮换快,留下记忆的不多。我在小学念了5年,有两个老师让我难以忘怀。

陈老师在四年级上学期到我们班实习两个月，后来他也到这个小学任教并成为校领导，再后来他调到教育局任职。他是任教我班时间最短的老师。陈老师瘦个儿，朴实得有点老实，讲话慢条斯理、低声细语。这么多年，我们并未真正在一起共叙过。我1992年就评上了一级职称，21世纪初有多次高级"选青"机会，却一直放弃参评。评一级时，我凭着突出的教学业绩，硬是"挤"上，打击了部分老教师，日后自觉不该，所以高级的事我不想再谈。到了2002年，"选青"是最后一批，我还是不动，虽然我知道没人竞争。陈老师时已为职改办副主任，他查询了有条件参评的一级教师，发现我还"名落孙山"，就打电话给学校查找我。我很惊讶、也很感动。仅仅教了两个月，那么多年后老师还在关心学生的事。我是那年全县唯一、也是最后一个"选青"对象，如若没有老师的提携，我的职称会一错再错地错过机遇，是老师给我一张车票，让我搭上最后一班车。没有几个老师会做到这点。

五年级毕业班，教我们数学的是林老师，福州人，高个子，后来也成为小学校长之一。"文革"刚结束，老师很重视教学，下学期抓得尤其紧，作业没有全部完成的或有错误的，下午放学后都要留在班上"集训"，一留就是一个多小时。我有点怕数学方程式，作业常出错，故而也被留了几次。老师很严厉，脾气很暴躁，每次面对我们这些差生，总是放鞭炮式地一阵臭骂。之后，他要求列的方程式如果再错，他会毫不犹豫地抓起本子向你当面甩去，一边嘟囔一边瞪眼。这样一番折腾还不够，次日数学课还要在班上再数落数分钟。班上有个同学数学学得好，在他看来只有这个同学才是得意门生，奚落我们时都是那句：你们考初中，某某有把握，其他的都没把握！如此这般，我等上数学课都害怕，久而久之，对数学科慢慢厌恶了。我最憋屈，放学后我要采猪草，留课一小时，什么都误了，回家煮饭、喂牲畜都来不及，大人收工回来见状，自然教训一顿，我又不敢道明原委。受点气倒无所谓，苦的是我对数学失去信心，上了初中只有三角还拿手，高中阶段函数、立体几何一塌糊涂，高考数学120分才考了57分。至今，我时而还在做考数学的噩梦。

二

我们初中只念两年。初一下学期再编班，我在重点班。

班主任是庄老师。他管理很到位，每天总是亲自抓迟到、晚上陪我们夜读。那时班主任每月只有两块钱的补贴。春去秋来，班主任就这样不图报酬地陪我们走过一年半的时光。庄老师留给我们的第一印象是给我们读时事或优秀短文。晚自习是三节课，第二节一上课，他就叫我们停下听他读文章。老师这样做，除有意让我们了解一些时政外，还让我们接受一些品德教育。有次下课时间，有位同学抱怨生管老师管得严，开口直呼生管老师的名字，恰好被路过的班主任听到了，这位同学被狠狠教训一通："什么某某、某某，老师不好好叫！"这位同学当即跑到生管组向生管老师道歉。班主任还很勤劳，寒冬腊月也会到班上巡视。他爱抽烟，坐在窗户边的同学，一闻到烟味就知道班主任来了。他不一定进教室，但我们时常闻到外面飘进来的烟味。班主任的敬业之举，至今还深深刻在我们的脑海里。

语文老师姓林，城关人，教我们时已经五十出头了，但我们并不觉得他老。老师上课到位、诙谐，尤其是古文解释，《桃花源记》经他一讲解，文中的景、物栩栩如生地展现在我们眼前。老师爱造句，每课一有新词，皆让学生造一句新句，造得好的多加赞赏，造得不理想的，也会叫我们改正或补充，直至他满意为止。老师眼也亮，发现个别同学开小差时，他会戴上老花镜，不语，眼睛直视一处。这时，

其他同学会习惯性地沿着老师的视线,转睛死盯那个同学。片刻,开小差的同学醒悟了。老师用浓浓的"城关话"打诨:"上课不想听,课后犯糊涂。"上语文课,学生最轻松、愉快,我们的语文素养在这里得到培植。

三

高一下学期文理分科,我进了文科班,1981年我们参加了高考。

班主任是我的邻居,林、方两家相距不远。我家人多,这个时候我还跟父母、弟妹挤在一间昏暗的屋子里。班主任见状,为了不影响我的学习,高考冲刺阶段叫我搬到学校做寄宿生。"文革"后的学校,设备简陋、环境恶劣,但即使这样也比我家条件强。我有幸得到班主任的厚爱,能如愿由应届考上本科,班主任功劳第一。班主任性格耿直、为人爽快、办事干练,做事从不拖泥带水。他的优秀品格,使我受益匪浅。

数学老师是外省人,自小随父母移民到永泰,我至今还昵称他"小李"。老师书教得好,算得上名师:授课条理清晰、解题步骤严谨;从不动肝火,总是耐心释疑;一副大将风度,遇事镇定自如。高考前,他给了我们一首词,我还记得其大体内容:"北国红梅怒放,南方的李初开;普天同庆喜心怀,增寿迎新添彩……祝君奋举夜光杯,催马加鞭,快!快!快!"20世纪80年代初,改革之风吹拂,举国上下奔"四化",老师激情澎湃,给我们以极大的鼓舞。我这才发现,老师不仅数学好,文采也出众。从学生涯,就他一个给我们"80年代新一辈"留下如此豪情壮志之作。李老师的内敛、淡定,一直是我修身的榜样。

地理老师也是外地人,他本非专业教师,教过音乐、劳动技术,带过上一届。我们文科班应届、往届混合,班上还有三分之一是他落榜的"黄埔弟子"。未知何故,他总看应届生不顺眼,经常对我们在鸡蛋里挑骨头,其实我们也很优秀,也很用功读地理。最让我们无法接受的是,老师把往届生和应届生分成"中央军和地方军",自己揽一批往届生放在家里晚自修、予以特殊关照,人为造成两届学生的隔阂。

历史老师姓陈,籍贯福州,定居永泰,因此他的话一半福州腔一半永泰调,我们形象地称他"半殖民地半封建"。老师快言快语、乐观豁达,牢骚话在他嘴里只是闲聊而已。在我们看来,他似乎没什么忧愁,开口总是滔滔不绝。老师上课魅力四射,兴奋时就挽起袖子,无拘无束、手舞足蹈,故而几无学生"走私"或瞌睡。他不用像有的老师在课堂管理上耗时、耗力、耗神,他也因此没有任何必要向班主任"告状"。老师要求专心听讲,偶尔听到下面有议论声音,也会象征性地生气地训两句,之后又回到他的舞台了,课后他也不再找违纪学生的麻烦。老师和蔼可亲,课后喜欢与学生交流,谈教学、谈理想、谈志向、谈目标,老师说得头头是道,学生听得津津有味。放假时,毕业后的学生纷纷聚集在老师家,一拨一拨的,可谓门庭若市。历史老师爱岗乐业,对我的为师之道有很大的启示。

四

　　大学四年，专业课、选修课老师如走马灯般一晃而过，陈教授令我没齿难忘。教授教地方史，是福建师大学生处处长。毕业论文选题，就我一个学生选他的课题"福建天地会"。两个多月后，我的论文初稿出来了，教授看了非常满意，说再做些修改就是一篇很优秀的毕业论文。他有意收我为徒，得知我是永泰籍考生后，很无奈地说：根据毕业生分配政策，你必须回永泰。毕业后，我与教授的联系都没间断过。同时，我开始尝试写些论文，但因为阅读不足、缺乏经验积累，花了几年时间未写出满意的文章来。1991年，我终于写成5000多字的《"黄金时代"美国教育改革发展特征初探》，教授看了很高兴，已经退休的他还极力把我的文章推荐给《中外教育》，次年首期获得刊出。这是我的处女作，我激动了好长时间。之后，我又一气呵成写了《新中国成立初二十来年的教育成效和失误》一文，也是陈教授帮我推出。成功的喜悦激发了我的写作热情。随后，我不敢再依赖教授，试着向各种学刊投稿，陆续发表了数篇教学论文。陈教授指引我走上学识之路，使我终身受益。

　　相当多的学生认为选修课的郑老师是位才子。他始终住在旧图书馆底层又暗又湿的一间小房子里。郑老师结过婚，因家族的"历史问题"，"文革"中受批判，因此夫人与他划清界限离婚了，他很早就孑然一身过孤独的生活。受早年被打击的影响，郑老师在公众场合变得有点少言寡语、表述口讷。尽管如此，我们都很敬重他。认真听他的课，学生会发现其内涵丰富，文言解释透彻，并引经据典拓展知识。若有兴趣探究某些问题，他会给你提供一整个系列的相关参考文献，足见老师学识之广。郑老师的板书最漂亮，是所有老师中的佼佼者。

他用毛笔给每个同学写毕业留言，字体苍劲有力，是老师留言中最亮丽的一页。私下里他非常欢迎学生造访，一聊就可能是个把小时。但他不喜欢学生进屋，里面确实杂乱，我明白了老师用意，此举是怕被学生"见笑"。师大毕业后，我对郑老师的情况了解不多。同学毕业30年纪念活动，我问询了班主任，才得知郑老师后来的一些境况：老师已去世多年；老师一生艰辛，无续弦无子女，三餐简陋，晚年生活仅是泡面加青菜而已，逝后他人在他屋里还清出两箱泡面；老师无争，退休时连副教授都没评上；老师长期寡居，过世几天才被发现。听了这些，我潸然泪下。我对古文有些偏好，郑老师是我的启蒙老师。

　　岁月悠悠，师情难却；自励向上，以报师恩。

⊙ 脉冲·青春 ⊙

一

与君初相识，犹似故人归。与君有约，风雨不改。你若盛开，清风自来。玲珑骰子安红豆，入骨相思君知否？清风起，天下寂，付一笔流水随落花意。青青子衿，悠悠我心，但为君故，沉吟至今。雨纷纷，故里草木深。人生一世，浮华若梦，总有一人，视你如命。为见你，还要等几世花开？如我先开口，日子是否还一样细水长流？若我用一生写下等待，你可愿用轮回随我去天涯？四季很好，如果你在；虽千万劫，护你一世有何妨！人世间有百媚千红，唯你是我情之所钟。

二

带着我的长安，闯入你的江南；用我半世烟火，许你一世迷离。我心相属，日久月长。与卿相依，地老天荒。我自相许，舍身何妨。欲求永年，此生归偿。既不回头，何必不忘？既然无缘，何需誓言？今日种种，似水无痕。今夕何夕，君已陌路。若是有缘，千山暮雪，万里层云，终会相遇。若是无缘，自此一别，天涯海角，再难重逢。有缘相遇，无缘相聚；天涯海角，但愿长忆。有幸相知，无缘相守；沧海月明，天长地久。看那天地日月，恒静无言；青山长河，世代绵

延；就像在我心中，你从未离去，也从未改变。曾有多少春风画卷，留住盛世花；记得年年今日，烟火满京华。

三

千番喜悲,万番醒醉;浮生几回,便问几回。何为是非?何为错对?求只求那烟花不碎,望不穿,流年错,阑珊锦瑟年华。月黄昏,梦里木槿花开,一曲离伤,终落尽。唯剩荒芜,西风瘦马,人在天涯,离歌唱罢何处是家。管谁君临天下,一杯新茶数落花。谁家的笛渐近渐远,响过浮生多少年?谁家弹断了锦瑟丝弦,惊起西风冷楼阙?陌上时节漫天纸鸢,忽忆历历旧誓言。桑田怎敌得海陆变迁,不尤不怨!一样花开一千年,且看沧海化桑田;一笑望穿一千年,几回知君到人间。初相逢后未曾量,思往事,立斜阳。而今风云已更改,当时却道寻常。倾我一杯酒,何日再回头?是非成败纵然如一梦。浮沉三万里,华夏两千洲,一笑任其归去留。

四

前尘风波仍未断,独留人何以难堪。今秋与彼执手时,勿叹人生入戏。白色身影,夜色如水清冽,借我一刻光阴,把你看得真切。身后花开成雪,月光里不凋谢。屋檐细雨,停在初见季节,用最平淡话语,藏住旧日誓约。春风吹绿柳叶,你曾笑得无邪。何以飘零远,此问欲问叶;何以无团圆,此问欲问月;何以久离别,此问欲问仙;何以不得闲,此问欲问天。谁折你一枝新梅,看残雪纷飞?谁绾你相思不悔,任帘外雨霏霏?还你一场旧寐,看年华不归;谁知你愁肠几回,青丝或离人泪?挑灯研墨,画一场相会;竹笔轻挥,描一笔生死相追随。如今想来最好从来不相对,如此便可不相偎。求只求那烟花不碎,一城飞絮朱门柳,看一场玉碎琼栏。清明雨纷乱,长街百步暗,魂欲断，青丝难挽，回首是忘川。苍生浮屠过眼，一念须臾之间。得也失也是也非也，溯世只续终篇。幸之命之笑之怨之，流光描画诸般；求之欲之逃之为之，回首皆若飞烟。

五

岁月晕成墨色浓，且把风华纸上留，一笔深情一笔愁。韶华已逝，物是人非，坐拥天下又有何用？不如为君覆了江山袖手天下。谁的韶华流过鬓发，谁的一笑煮酒观花，谁能相忘湖边柳下？你我纵是静坐也繁华。缘不尽，红衣满中天，空悲切。曼珠浮影摇曳，叹离别，风雨不停歇。命中劫，劫后余生暂别；霜下约，约看四季花谢。三更鼓，谁用一生换得那一瞥？几回篇，道尽一场风烟。你回眼，只把三生淌尽秦淮边。如果可以，我愿负了这天下，负了这江山，只愿与你尘世相伴。人生在世，恍若白驹过隙；我长活一世，却能记住你说的每一句话。

六

你曾是锦瑟，我曾是流年；你今为沧海，我已是桑田。时光如水，总是无言。你若安好，便是晴天。谁能抛却一生，倾了天下为你风情万种，是爱是痴莫非真的你不懂？莫道三生约，看朱成碧容易别。来自来，去自去，何人掌，缘生灭？君生我未生，我生君已老；恨不生同时，日日与君好。尘缘向来都如水，罕流泪，一生情。莫多情，情伤己。转身一缕冷香远，逝雪深，笑意浅，可愿？昔我往矣，杨柳依依；今我来思，雨雪霏霏。行道迟迟，我心伤悲，莫知我哀。心微动，奈何；情却远，物非。人也非，事也非，往日不可追。红尘妆，山河无疆，最初的面庞，碾碎梦魇无常，命无双。时光偏左，容颜向右，往事如风，一笑沧桑似梦。

七

不为何人逗留，不为何人离开；尘缘尽，知多少？往事云烟不过虚空一场，何许执着？从别后，忆相逢，几回魂梦与君同。若挥袖作别，流云万千，可有人千万流连？此生天涯一场醉，回首梦碎，才觉琉璃脆。莫问今生，看尽春花楼台雪，何似匆匆，曲终人不见。相思人，相思棋，构一篇，相思局。叹当年，悔当初，只是流年难停下。空余我江山无限，留不住知己红颜；花飞花舞花满天，残花残飞泪红颜。九重楼阁，半世笙歌，而今安在？繁华不似昨。你的路途，从此不见我的苍老。若问何处似经年，风月随尘烟。曲水流觞，风华成绝响，沉醉换悲凉。幽梦，暗香，痴情寄，唯有相思不曾闲！与君别来沧海萍踪，絮语晓钟，自而今后会无期，各自珍重！一花一世界，一叶一追寻；一曲一场叹，一生为一人。不奢他日再聚首，但求不忘己初衷。岁月长，长不过留恋；衣衫薄，薄不比红颜。但愿君心似我心，浮华空，此生愿做蒲草随秋风。山长水远之人世，终究自己走下去。愿得一心人伴我，江山寻梦，择一居终老。

◉ 脉冲·人生 ◉

一

人字两笔五种写法：一笔写前进，一笔写后退，不恋顶峰的人更可贵；一笔写逆境，一笔写顺境，逆境是熔炉；一笔写付出，一笔写收获，失去的不一定不美丽；一笔写朋友，一笔写对手，对手是走向成功的陪练；一笔写前半生，一笔写后半生，前半生枝繁叶茂，后半生收获储藏。

小时候我们拼命想长大，长大后才发现童年时光最无瑕；读书时我们做梦都想工作，工作后才明白寒窗时光最留恋；单身时羡慕别人出双入对，结婚后才懂得单身的自由也是一种幸福。成长未必让你得到想得到的，却总会让你失去不想失去的。

人到了一定的年龄，上天就会拿掉你的一些梦想，再拿掉你的一些朋友，可能让你在现实面前一再失望，慢慢发现自己跟身边的人各自追求的东西都不一样，有时互相不能理解彼此的想法，就像不在同一个层次、不在同一次元上。不必勉强交心，已走的不用惋惜，留下的好好珍惜。

老天是公平的，它一边给你苦难，一边让你快乐，生活的苦与乐总在更迭，没有谁的命运是完美的。快乐是精华，能让我们信心十足；痛苦是良药，能让我们顽强支撑。别为难自己，别苛求自己，放宽心，

让它包容伤害和痛苦。心宽了，烦恼自然就少了，日子自然就顺了，人生也就圆融自在了。

一杯子的美酒不少，别总是豪爽；一辈子的时光不长，别总是奔忙；一辈子的温暖不多，别总是空床。累了就歇，困了就睡，乐了别太醉。

我们永远不知道明天和意外，哪一个会先来，生死就在一瞬间。今晚睡下去，明晨不知还能不能醒来，因为我们永远不知道灾难和明天哪一个先来。人生如梦，活好当下，别等到失去时才懂得珍惜。人生很短，趁现在还来得及，去见你想见的人、做你想做的事、过你想过的生活、爱你想要爱的人。垂死的人，用毕生的钱财都无法换得一口生气；活着的人，往往不惜用全部的时间、健康、名誉去追求金钱。人生就是这样，失去了才明白。

命运如一壶翻滚的沸水，我们是一撮生命的清茶。没有水的浸泡，茶只能蜷伏一隅；没有命运的冲刷，人生只会索然寡味。茶在沉浮之中散发馥郁的清香，生命在挫折之中绽放出礼赞的光芒。无数次和水亲抚，茶淡了，淡出了一种境界；无数次与命运抗争，我们终于明白，平淡已经沉淀为我们生命的底色。

白云从容，才能亦雨亦雪，自由俯仰天地；松柏淡定，才能不改初衷，听任四季变幻。风儿轻抚，抹去那一缕哀愁，让阳光喝彩，描绘精彩的画面；柳儿飞舞，抛开那一丝悲伤，让快乐来袭，掩盖悲伤的记忆。生活中要学会满足。

如果你有吃有穿，如果你有存款、钱包有现金，如果你早上起床没有病灾，如果你从没经历战乱、牢狱、饥荒，你就是最幸福平安的人。少一些抱怨，就多些幸福。

学会舍得，明白生活方式。舍得小，就有可能得大；舍得近，就有可能得到远。因为没有，从不担心失去；因为想要，才会患得患失。

其实，世界上没有什么真正属于我们，我们不过是个匆匆的过客，赤条条地来、一无所有地离开。

凡事不必苛求，来了就来了；凡事不必计较，过了就过了；遇事不要皱眉，笑了就笑了；结果不要强求，做了就做了。不要拒绝忙碌，因为它是一种充实；不要抱怨挫折，因为它使你坚强；不要憎恨爱过的人，因为所有结局都是新的开始。其实，简单生活就是一种态度，心静了就平和了。不怕路长，只怕心老。

做人须简单，不沉迷幻想，不茫然未来，走好今天的路；不慕繁华，不必雕琢，对人朴实，做事踏实；不要太吝啬，不要太固守，要懂得取舍，要学会付出；不负重心灵，不伪装精神，让脚步轻盈，让快乐常在；不贪功急进不张扬自我，成功时低调，失败后洒脱。简单是我们人生的底色。简单，才深悟生命之轻，轻若飞花，轻似落霞，轻如雨丝，洒脱来去，不憎不悔；心安，才洞悉心灵之静，静若夜空，静如小溪，坦然地接纳，淡然地送别。心简单，没有繁杂的迷惑，故而能看透；生活简单，目标明确，自然能远行。

二

人活着有长度、厚度、宽度和深度。长度是寿命，厚度是为人，宽度是度量，深度是能量。我们不能决定生命的长度，但可雕琢它的宽度；我们改变不了环境，但可改变自己；我们不能左右天气，但可改变心情；我们不能选择容貌，但可把握自己；我们无法预知明天，但可利用今天。人生有几个"数字"值得借鉴：

（1）三种情感

亲情是没有条件不求回报的阳光沐浴；友情是浩荡宏大可以安然栖息的理解堤岸；爱情则是神秘无边可以使歌者忘情的心灵照耀。

人世间的亲情与生俱来，友情可遇不可求，爱情则需要缘分。体验了亲情的深度，领略了友情的广度，拥有了爱情的纯度，人生才称得上是名副其实的人生。

（2）五种财富

追求：没有目标，你就失去了奔跑的动力和方向；尊严：它能支撑你的脊梁，让你高傲地活着；自信：很多时候，失败不是因为你不行，而是因为你认为自己不行；坚韧：成败皆在毫厘之间，只要是你选择的，再苦再难都要挺住；知识：千金易散尽，唯有知识能创造一切。

（3）五个毛病

喜欢拖延：不是做不好，而是不去做；轻率疏忽：盲目跟风，许多人就败在这点上；畏缩不前：遇到挫折，就打退堂鼓；优柔寡断：使团队失去信心，甚至造成混乱；迷信"经典"：认为"经典"是获取经验的捷径。

（4）六个诫勉

爱占小便宜，终生难大贵；经常吃小亏，日久必厚报。

语言多反复，谨防欺诈；忘恩思小过，定会反戈。

热情过度，必然另有名堂；严肃有余，切勿敞开心扉。

开口说大义，临大难必变节；逢人称兄弟，即深交也平常。

谦为美德，过谦则蕴诈；默为懿行，过默则藏奸。

揽功而推过，不可同谋共事。

（5）六个禁忌

发怒，用别人的错误惩罚自己；烦恼，用自己的过失折磨自己；后悔：用无奈的往事摧残自己；忧虑：用虚拟的风险惊吓自己；孤独：用自制的牢房禁锢自己；自卑：用别人的长处诋毁自己。

（6）六福秘诀

永葆一颗青春之心；坚信前进就有希望；保持身体健康；寻找一

份感兴趣的工作；常联系朋友；永远记得带上自己的阳光。

（7）六种思维

司马光：打破，才能得生机；孙子：知己知彼，百战不殆；哥伦布：想，就要干；亚历山大：成大事者，决不被陈规旧习所束缚；洛克菲勒：时时求主动，处处占先机；拉哥尼亚：简练才是真正的丰富。

（8）七味心药

心善，乐善好施；心宽，宽为大怀；心正，正大光明；心静，静心如水；心怡，怡然自得；心安，安然处世；心诚，诚心诚意。

（9）八个别

别放弃，坚持就有希望；别后悔，谁都会做错事；别伤心，悲伤是短暂的；别失望，机会还会有的；别害怕，天是不会塌的；别生气，健康才最重要；别担心，一切都会好的；别勉强，顺其自然就好。

（10）八种不宜

沉迷游戏娱乐，天天牢骚满腹，拒绝学习和思考，消极的自我暗示，生活缺乏动力，不会照顾身体，过着不喜欢的生活，与负能量的人在一起。

（11）十种禁忌

自得、自负、自满是故步自封的"绊脚石"；虚荣、虚伪、虚假是进步前行的"障碍物"；浮躁、急躁、暴躁是功败垂成的"加速器"；放肆、放纵、放任是身败名裂的"致命伤"；媚俗、世俗、庸俗是自甘堕落的"迷魂汤"；不知足、不知耻、不知畏是败走麦城的"通行证"；盲目、盲从、盲干是事倍功半的"墓志铭"；势利、功利、近利是鼠目寸光的"自画像"；松懈、松垮、松劲是约束自我的"麻醉剂"；圆滑、油滑、狡猾是待人接物的"假面具"。

（12）十点领悟

能力、动力、定力是站稳走好的"支撑点"；能干、能处、能忍是进步前行的"大阶梯";想法、说法、办法是能力高低的"三级跳";学识、见识、胆识是成大器者的"好法宝";知足、知不足、不知足是人生航程的"校正仪";眼力、魄力、毅力是实现梦想的"硬翅膀";平和、平静、平淡是快乐幸福的"主打歌";自持、自控、自省是偏离方向的"预警器";自信、自立、自强是乘风破浪的"定神针";知恩、感恩、报恩是为人处世的"基本色"。

　　(13) 十一气度

　　志气,如高山巍然屹立;大气,如大海能容百川;才气,如长虹魅力四射;和气,如行云舒展自如;灵气,如流水刚柔并济;朝气,如旭阳生机盎然;锐气,如利剑所向披靡;静气,如幽兰恬然清雅;骨气,如青竹挺直脊梁;正气,如松柏常青不倚;勇气,如飓风翻江倒海。

　　(14) 十二因果

　　喜欢学习,智慧就越来越多;喜欢分享,朋友就越来越多;喜欢施财,富贵就越来越多;喜欢享福,痛苦就越来越多;喜欢生气,疾病就越来越多;喜欢占利,贫穷就越来越多;喜欢知足,快乐就越来越多;喜欢感恩,顺利就越来越多;喜欢助人,贵人就越来越多;喜欢付出,福报就越来越多;喜欢抱怨,烦恼就越来越多;喜欢逃避,失败就越来越多。

　　人的一生:种下勤劳收获成功,种下乐观收获豁达,种下希望收获梦想,种下孝心收获亲情,种下爱心收获温暖。多看美丽的风景,满目就全是快乐。用慧眼多发现他人的长处,学才能为己用;用明眼多瞅瞅自己存在的不足,努力去改正。

三

　　世界上最聪明的人是借用别人撞得头破血流的经验作为自己的经验，世界上最愚蠢的人是非用自己撞得头破血流的经验才叫经验。对于还未失去的，就该学会珍惜，毕竟回忆只是对失去的一种安慰；不要忽视身边看似平凡的拥有，更不要等到失去了，才知道什么是怀念。人生最长久的收获，其实就是珍惜。

　　思想太少可能失去做人的尊严，思想太多可能失去做人的快乐。挣钱是技术，花钱是艺术；能不能挣钱看智慧，会不会花钱看品位。对自己好点，这一生不是很长；对身边的人好点，下辈子不一定能遇上。

　　理想不是口头上说的计划，也不是敷衍的借口，它是自己的心。理想的最终汇集地是幸福，为了自己有了理想，为了恋人有了理想，为了家人有了理想；有了理想才有梦，梦想与理想，一字之差千里之遥。

　　宁可去碰壁，也不能在家面壁。奋斗就是每一天都很难，可一年比一年容易；反之每天都很容易，可一年比一年难。能干的人，不在情绪上计较，只在做事上认真。无能的人，不在做事上认真，只在情绪上计较。

　　做事就像扬帆出海，必须高起点、高标准、高效率，就像高高的桅杆上鼓满风帆一样；做人则须脚踏实地，无论取得多大的成就，尾巴也不能翘到天上。高调做事，低调做人。每当春风得意时，危险也会悄悄来临，此时就应该像高桅帆船在遭遇风暴时，必须砍断高竖的桅杆，否则船的重心上移，就有被倾覆的危险。

　　太多人挑肥拣瘦，嫌工作辛苦，嫌打工没面子，嫌来嫌去，最终被嫌弃的是你自己。做什么工作只要肯脚踏实地干,都不丢人。你没钱、没能力、没事业,啥也没有,那才最丢人。你想加油、你想更好,没人会阻挡前进的道路,其实通往成功的路上最大的阻碍就是你自己的无知和懒惰。

没有到手的东西,总是比到手的稀奇,但不一定比我们已拥有的更好。有些事知道了就好,不必去多说。有些人认识了也就好,不必去深交。你若是找不到坚持下去的理由,那么你就找一个重新开始的理由。命运不会去偏爱谁,就看你能够追逐多久、坚持多久。

人没能成功,不少是撞了南墙不回头。人生路上难免会遇到困难,拐个弯,绕一绕,何尝不是个办法。山不转,路转;路不转,人转。心念一转,逆境也能成机遇。拐弯是前进的一种方式。水能直至大海,就是因为它巧妙地避开所有障碍,不断拐弯前行。

不要去追逐一匹马,以这个时间种草,待到春暖花开时,就会有一批骏马任你挑选;不要去巴结某人,用暂时没有朋友的时间,去提升自己的能力,待到时机成熟时,就会有一众的朋友与你同行。用人情做出来的朋友只是暂时的,用人格吸引来的朋友才是长久的。所以,丰富自己比取悦他人更有力量。

四

人与人相识源自一份遇见,而人与人相处,靠的则是一颗真心。竭诚相待,以心相鉴,把他人境遇当作是自己境遇,能设身处地去为别人着想。相知,是一种缘分。人敬你一尺,你敬人一丈,相互尊重,彼此信任,这样人世间就会多一份和谐融洽,生命中就多了一份温暖、一抹亮丽的色彩。

做朋友能三个月不容易,坚持六个月值得记忆,能相守一年堪称真心，能熬过两年叫知己，超过三年值得珍惜，五年还在应融入生命里，十年后依然在的就不只是朋友了，已是亲人的一部分。在善变的年月，多留意身边的，多理解他人的，别把对你好的人忘记。做人太累，因为谁都不容易。

友情是鲜花，令人欣慰；友情是美酒，使人陶醉；友情是希望，给人动力；友情是缘分，助人相遇；友情是博爱，让人甜蜜；友情是温柔，叫人沉迷；友情是香吻，感人回味；友情是明镜，帮人学习；友情是互动，传递祝福。

物以类聚，人以群分。气场不投的人无论彼此怎么努力，关系都很难亲近。虽然貌合，其实神离，因为骨子里是彼此不认同的。而气场相投的人，哪怕远隔千里，也不觉得疏远，见面都不用寒暄，就能聊到一起。人与人确实不同，不要改变别人，不是每个人都可以成为你的朋友，因为你有属于自己的独特气质。

有些人似荷，只能远观；有些人如茶，可以咀嚼；有些人像风，不必在意；有些人是树，值得依靠。人生就是一场修行，修的就是一颗心。心柔顺了，一切就完美了；心清静了，处境就好了；心快乐了，人生就幸福了。

当我们给别人送花时，闻到花香的首先是自己；当我们向别人扔脏东西时，先弄脏手的也肯定是自己。如此，何不给人以温暖？当我们给予别人温暖时，自己得到的何尝不是一种快意？所以，要努力做到：心底无私，常存爱意，与人为善。

心存希望，幸福就会降临你；心存梦想，机遇就会笼罩你；心存坚持，快乐就会常伴你；心存真诚，平安就会跟随你；心存善念，阳光就会照耀你；心存美丽，温暖就会围绕你；心存大爱，崇高就会追随你；心存他人，真情就会回报你；心存感恩，贵人就会青睐你。

逝水流年，笑过；沧海桑田，看过；人情冷暖，受过；缘深缘浅，痛过。生命旅程就是一场奔波，一路的坎坷不停地跨越，一路的心酸不断地超越；赏一场春花，藏一份懂得。曾经沧海难为水，除却巫山不是云。回首，留不住岁月；凝眸，牵不住时光。于是，我们淡然、微笑、释怀，掬一捧吉祥、捻一缕如意、挽一抹明媚、盈一杯温情。

诗 歌 篇

《尚书》：
"诗言志，歌咏言。"

《毛诗·大序》：
"诗者，志之所之也。在心为志，发言为诗。"

南宋严羽《沧浪诗话》：
"诗者，吟咏性情也。"

◉ 思　　篇 ◉

七月七夕

鹊桥相拥纤泪漓，飘洒人间海石祈。
天地本是同家亲，何苦簪河咒古今。

离别怨

风雨无情多磨难，梦里三更靓影剪。
晨露含春月留香，多情总恨离别长。

蝶恋花

蹁跹彩扇守朦帘，旋转婀娜捧笑脸。
耳语绸缪许今芳，化灰不放来世愿。

风中的诺言

风儿传送爱守言,昔沧今桑怎奈变。
开谢涨落年复相,君错我误两心远。

思　念

风吹云雾携爱重,山藏水流带柔宠。
雨飘绪漫诉衷憧,一瓣一朵守嫣容。

相　思

风云呼唤雨情怀,心梦问候东流海。
霜雪追求雨相思,心潮伴随波澎湃。

追　云

雨疏风骤云家擞,风欢云舒秋月瘦。
问君长夜谁心偷,归鸿残云解遮愁。

彩 虹 追 月

雨后七彩邀仙蟾，乘云驾雾奔天岸。
雀笑痴君费参商，无语鸿鹄志焉贬。

风　语

默语瞬飘穿万里，人宇微牵通奥秘。
牛郎织女去杳期，风耳施翩递尘谜。

寄 思 量

阶柳庭花落片汩，茜纱听雨锁眉蹙。
小塘荷田惊鸟遖，细雨声慢思君怫。
风尘仆仆清酒壶，不尽半生多忙碌。
风铃响卷几残书，凭栏眺杏纤腰楚。

千 层 弄

元春姹红飞絮扬，初夏蜕青招风展。
庭园飘零物星殇，丙夜花梦辰别样。

天　使

鲜花娇美逊笑颜，宝钻璀璨过双眼。
乐声悦耳屈籁音，心中最佷唯君倩。

流　星　雨

天使悲泪模糊宇，滴落黎明露珠聚。
星烁缭乱心雨嘘，穿破梦空坠碎余。

清　明　吊

悼宗哀亲哭吾友，杨垂千古泪洗柳。
步里行间阴阳攸，华断非命君怎要！

心 篇

心 道

诚心虚心修身正,真心爱心养善程。
热心孝心承脉风,决心恒心树业耿。

心 归

细雨弥阆涤愀怆,漫山杜鹃啼缱绻。
亭外帘瀑泂笑飒,蓦幡舍得不怨怜。

心 境

霭散泛蓝亮眼乾,云聚霏雨涤心涟。
昼行天下承世担,夜阑枕梦宁俗唠。

心　日

风卷郯波歌意惬，雪花飘零诗情谐。
累痛伤悲夜流星，炫丽黄昏天海写。

心　翔

踏青探芳祛余怒，举目苍穹惊鸱疾。
矗巅张臂心扉摘，天地错力来骧迣。

赞　篇

松　赞

富贵贫贱志不已，霜雪压顶脊更直。
奉献终身最无私，傲骨铁铮世人怿。

竹　赞

落地生根弗憺险，来春辈出冲天堑。
汗书青史正君心，风雨兼程只等闲。

梅　赞

苦寒炼凝高品绮，绚烂不凡报春急。
天质无染人难跻，馨胜龙涎群芳忮。

菊　赞

万品独孤喜秋寒，姹嫣百般献春暖。
蕊倾娇尽留沁芳，傲姿自古封绝唱。

李　赞

迎得阳春梳新彩，漫山素裹比雪来。
待到融日争枝压，出水芙蓉唱绝爱。

胡杨礼赞

大漠空迹伸躯挺，风沙虐尽云天擎。
至死不屈殷绿清，守望丝路驼铃䞇。

贺一中华诞

奎樟开颜庆百十，红墙绿荫赋名史。
赤子芸簧圈点裹，再炳华章竞来日。

贺动车通车

汽笛声声鼓云阁,千里沟壑更时可。
封神梦想樟城科,遄敞山阖拥高客。

贺 新 春

辞旧烟花怒天迸,摘星登月神州骋。
新春启宇钟鼓铿,疾风马蹄踏山城。

贺 中 秋

月明中秋东流九,嫦娥轻裳瑶池旒。
觥光折桂宾朋匄,当歌奏舞撼峦岫。

庆 元 宵

亲聚家愉梦馨满,汤圆念友福乐伴。
龙腾狮跃街舞欢,观月赏花孔明郎。

致守莫高窟者

举目荒漠问天遽，长守相思寄烟雨。
寂寞纠结盼家书，孤夜神灵对心劬。

⊙ 春　篇 ⊙

春　语

初桃绽放婀娜泆，蝶舞翅动婆娑旖。
问候奏响泱泱漪，思念常伴汍澜急。

春　约

茵茵芳草迎光养，缕缕清风播希望。
点点露珠带花香，娓娓话语诉衷肠。

错　春

嫩寒锁困意骞悦，激情燃烧待夏望。
思绪匆过万重山，秋获如水空躁烦。

听　春

山花泻沐野草扯，细雨浅唱轻步和。
馨风赶搭昫阳车，梦想放飞旷心掣。

问　春

拂面春风胜秋凉，满园探春点红求。
万物苦争元春惜，可知迎春倍愁意？

摇　春

烂漫被峦水高长，空谷绝响天歌放。
满揣郁芳试霓裳，天河荷载瑶池想。

阳春三月

飞天舞袂庐山斐，朝采奇风暮雨沛。
南国草浡群莺歌，苾迷酣梦鹳凫肥。

一 夜 春

丝雨浣净冬阴霾，风载花语送媒彩。
抱枕怡梦不用猜，榕装轻摇一夜派。

◉ 秋　篇 ◉

秋　思

旻来雁去花含泣，夜风日雨桂香怡。
楼高目穷东流潋，相思无限月独倚。

秋　问

自古中秋月最明，悲欢圆缺齿迫紧。
凉风届候夜弥清，山盟枯烂拷情悻。

秋　怨

寒霜冷秋水天长，飞絮向晚眉云转。
夜清露湿指尖翩，星垂西窗幽灯怨。

秋　恨

桃李春风一杯酒，江湖夜雨十年秀。

叶落水冷谁知秋，孤灯伴星弯月留。

游　篇

石　竹　山

石径穿云拱，碧野移点红。
蹬塔追蟾宫，乘鲤探龙洞。

湄　洲　岛

弯月环镶宝石蓝，惊涛激石千花卷。
逐浪欢戏童叟耽，妈祖眉济普洲亢。

钱　塘　潮

天河诡异舞银蛇，鼓敦万马迸雷射。
乱涛穿空驰虎贲，孙圣捣海惊魂冶。

太姥情

夫妻峰下国兴复,线天深处线牵妩。
金龟登极万苦初,回首红尘问太姥。

西湖印象

雷峰塔下人仙忿,瞻翁挥毫堤柳成。
三潭映月西子笙,龙井沁醉天堂骋。

忆桂林

一别甲天生肖圆,春漓穿鼻艄歌远。
蟾奏岫钟悠扬迁,婆娑猫女梦乡眷。

游天门山

拐李醉枕葫芦侧,仙女激浴燕潭冶。
红豆浓蔽鸳鸯遮,春风得意跻阊阖。

感 篇

读《红楼梦》有感

玉床金马颤贵彤,尊卑迥别鸳络笼。
缘来怨往夜惊忡,葬花破尘曹翁洞。

读《三国》有感

群雄纷争烽火燃,淘尽心机旌血染。
史軩破蹄英雄殇,拥山簇海梦终断。

读《水浒》有感

官逼民反跳蹈火,天下豪汉聚义烁。
如歌惬筵逝日梭,兔死狗烹谁之作。

感 恩 悟

年少痴狂比犊着,弹指是非攸不惑。
寸草尚理岁月蹉,省否迟问报恩左。

人 生 悟

为人处世须己严,长幼有别知深浅。
不做湿木只冒烟,宁燃干薪熊烈焰。

惜 时

回首驻足红尘滚,恍神霎时青春遁。
匆匆弹指颜容敦,追梦醒时时空浑。

致 父 亲

天地无情催人老,青葱不见华难葆。
光洁容颜沧桑标,海爱深灏比昊鸢。

致 母 亲

红衣入门蓝衫酬,烛光燃尽斑稠首。
家大业大磨中钩,瘁钊身垂后人厚。

回 忆

回首孩提笑纯犊,回眸年轻哭成熟。
转身坦然智昭忽,立身淡定缘世故。

家

土洋着装神自极,粗肴上口味香比。
陋奢隅居安舒猗,天海行走福亲系。

归 心 似 箭

倒数归期夏夜烊,两头挂念泪珠潺。
身在异国心揣乡,神鹰摅翮把梦唤。

过　年

日斜雀归爆竹绵，靰点缤纷梅瓣卷。
春回莺啭家圆添，游子对月许梓愿。

思　儿

秋来天高碧水远，白鹭群宴圆今愿。
流彩褶漪妆庆樟，瓶儿快捎父万言。

除　夕

爆竹敲心烟花鼓，年贺悠扬飞歌福。
绕梁念儿暗湝书，钟声奏响岁月故。

选　择

举案终身不老颜，齐眉彼此无言惝。
真爱充溢辽阔天，忧伤消遁苍野阆。

对话心灵

静赏花开无澜平，笑看风云万物映。
听声观海辽廓清，停坐沉定姜公炳。

浪花寄语

山涧赶溪涌江海，追波逐流风浪骇。
浊清沉浮意气垓，弄潮自嘲不佞材。

宁静致远

淡淡日子嚼丝甜，匆匆步履品深浅。
美人江山让生天，万贯富贵在身健。

雨　夜

袅袅飘烟淅雨腾，蓑衣道夫清车冷。
歌舞升平醉死生，老媪残碗空何问？

观　钓

春漫溪水日三涨，昕阳藏霭鱼觅忙。
老翁眼霍缉饵钩，暾时半篓矍悷悁。

园　丁

寒暑呕心花草谨，乌发白鬓岁无情。
满园芬芳去又今，老汉拄锄数阳罄。

樟畔夜语

窃与大樟细耳辐，悠幽处处人家有。
远方漾中渔火邀，原是万家闹灯诱。

重　阳

云悠菊沁重九阳，登高神怡步轻爽。
俯瞰大千过眼烟，微风拂动胸襟荡。

中 庸 人 生

群花争艳景无限,梦想风帆的标显。

功名利禄悠云烟,情谊缱绻萦身前。

自 励

心似壶水静波澜,毅比青山挺关难。

人生如箭不悔嗟,饱阅沧桑胸宇阆。

赏 篇

赏 梅

银蛇狂舞争春走,绽蕾吐脂向天游。
引蝶惹蜂四处讴,谷雨狰狞八方奏。

赏 莓

冬莓胜夏荔,红瑙裹璀琳。
馋悔唐贵妃,不问艰辛鄙。

赏 元 宵

年年元宵年年巧,元宵年年胜年年。
星雨荧枝地为天,乱簇佳人窃抿笑。

附　录

⊙ 海 飘 散 绪[①] ⊙

方　鋆

　　方鋆讲述的是 2012 年她来到这个城市之后的生活故事。

　　人们都知道，选择到国外学习，对许多年轻人来说，是一种挑战。除了语言上的困难，大家还要考虑到文化之间的差异。我们有幸采访到一个名叫方鋆的来自中国的女孩。方鋆是 2012 年通过马可·波罗计划来到意大利的锡耶纳外国人大学学习的学生。中国的大学生活和

意大利的大学生活，是两种十分不同的文化的碰撞，语言的学习拉近了两种文化之间的距离。方鋆在2012年来到意大利并且学习了一整年的意大利语。为了攻读硕士，她补了相应的学分，在2013年顺利读上了锡耶纳外国人大学的对外意大利语专业。她说："刚开始的时候，最大的困难就是听课。我经常需要用录音笔把老师的课程录下来，回家后再听录音一个词一个词地抄写下来。研究生的第一年，我根本没有时间跟朋友一起出去玩，因为我当时太想把学业完成好。这是一段很难忘的经历，但是对我的帮助很大。"第二年，方鋆对自己的意大利语更有信心，并且她的语言也日益进步。但是她仍然对两种文化之间的差异深有体会。她说："人们可能都觉得中国人很保守思想很封闭，但是当时，我的问题只是语言，因为我不知道如何可以很好地表达自己。在中国，人们的学习教育方式很不同。我一直到25岁的某一天，才开始决定让自己慢慢地适应意大利的学习和生活方式，同时我也开始有了很多意大利朋友。"大学最后一学期的比较文学课，对于她来说，是一种对灵魂的解读。她说："我也有在意大利其他城市的大学学习的同学，但是我一直因为选择了锡耶纳而感到幸运，因为锡耶纳外国人大学是一所对外国人包容性很强、多元化的一所大学。在这里，在某种程度上，我找到了另一个自己。我从来没有期待过自己会对这个城市有如此深的感情，如今我觉得意大利是我的第二个故乡。"如今方鋆在1月的时候已经回到了中国，但是她经常会在夜里梦到锡耶纳以及和朋友们一起在广场上度过的许多夜晚。她现在在福州的联合签证申请中心担任意大利签证部的主管，她说："这份工作对于我来说，在某种意义上，可以让我依旧与意大利保持着联系。每当我看到申请人拿到签证准备前往意大利的时候，我总会跟他们说，请帮我向意大利问好，因为我真的很喜欢它！"

——意大利《锡耶纳城市报》2016年5月5日

我是父母影子的重叠，是家乡气息的沉淀，不管这个我是否随时都可以被自我察觉，还是她会消失一阵子然后又突然在深夜里被某个记忆唤醒，她都是我不愿意 掉的一个我。我要好好学习，赶紧回家！

一

最揪心的就是过安检的那一刻，小小的一道安检杠，就把我跟家人分隔开了。大学4年，包括后来的好几次国际航班，每次都是在他们还没转身离去的时候我故作镇定地过安检，然后背起行囊回头向他们招个手就走了，其实心里的情绪早就涌上来了。我知道他们会一直目送我的背影直到我过了转弯处，我从对面柱子上的折影中偷偷看着他们，直到他们也转过了身背对我，我才回头，自己一个人站着目送他们出了大厅，然后出了机场。每次都告诉自己不哭却每次都忍不住，哭的场所也不一样，蹲在走道哭，躲在卫生间里哭，坐在候机厅里哭，飞机起飞后哭……分别的时候我不喜欢太纠结的场面，家人也是。大家都是忍着在彼此看不见了的时候才流泪。

当年说要去意大利，2011年11月的一个晚上，阿呆几个朋友开车带我去了长乐机场，穿过一些还没被踩出路线的野路绕到了机坪的背后。我们就在那里以距离最近几乎仅 200 到 300 米的地方，在隆隆的声音以及被卷起的风中，看着一架架起飞又降落的飞机，整整一夜。当时，我对国外未知的一切，恐惧又兴奋。

飞机快起飞前，用将停机的国内号码跟家人在电话里说了一句"我爱你们"，那是长这么大第一次跟他们说"我爱你们"。

二

26 日凌晨启程返意，短短 5 周过得很开心，也很感慨，也希望大家能够在快乐的日子里不要忘记奋斗，在困难的日子里不要忘记微笑。希望这一路上能够继续有你们的陪伴，忍住眼泪，一句加油和许多希冀，留给你们也留给自己！

飞上海的航班延误了4个小时,冲出安检改签,结果改签后的航班还是晚点两个小时,于是下了飞机一路狂奔出机场打车,40分钟搞定高速到达浦东机场,又一路奔跑赶办了登机卡,终于赶上12点凌晨的飞机。我好不容易选了一个靠过道的位置,自以为去厕所方便了,结果上机一看,厕所还是离我很远。一路十几个小时折腾没合眼。到了罗马,出了机场,却错过了往锡耶纳市的班车。于是只好去了市区,在车站买了票,又苦等车两小时,很晚了才到宿地。今天只吃了一顿饭,这时真是饿极了……

回想在国内时,上海雷暴、飞机晚点,于是我进行了一场紧张而刺激的机场、高速的生死时速的现场版,最终赶上迪拜航班。险象环生啊……

三

最近在考虑搬家的事。

先说说目前住的这个。目前住的这个房子除了贵,其他的都很符合我的要求:我是一个人住,独立的卫生间,厨房跟别人一起用,有自己的洗衣机、冰箱,但是家具有点少,东西没地方放,要摆在地上。房子离学校近,步行15分钟就够了,周围有公交站、药店、超市,生活很方便;而且附近住的都是老人,所以很安静、也很安全,我的睡眠得到良好的保证,我的学习心情也好很多。我唯一不喜欢的就是贵,因为不包水电煤气,外加一个过分精明、抠门的房东;还有那个总是霸占厨房的印度邻居,他们整天要么煮咖喱,要么煮一种很奇怪的味道的饭,还时不时带客人回家。公共厨房就在我隔壁,晚上跟周末饭点时间会吵一些,但是其实是可以忽略的。房子离市区很远,乘坐公交不能解决所有问题,所以一般我都走着去市里,有时候事情多,

就能把我走趴。但是，我在这里住也快一年了，房子条件也很好，也不会与舍友产生什么大的矛盾。

然后说说现在正在考虑的这个房子吧：是一个套房，四室二卫一厨，舍友一个是半工半读的波兰女生，一个是经常在家看小说的读研的中国女生，剩下的一个待定；房子地理位置很好，离学校不到5分钟的路程，房租水电煤气全包，房东还特别大方，能愿意给房客添家具。总之，能省下现在住的房租的四分之一的钱。可能给我造成不好影响的就是：房间朝着小马路，可能会有点吵；四个人住，卫生间两个人用一个，厨房四个人一起用，洗衣机两层楼的人一起用。因此，生活质量肯定没有我现在的这个好，虽然室友据说很安静，但也难免进进出出会有点吵，说到底我还是怕吵、怕不整洁。唯一的后顾之忧就是怕搬过去了，不满意，后悔当初不该。但是我也想停止独居的生活，尽管大部分时间我是很享受的，也不觉得很孤独。也希望这次作了决定就不后悔，不要退缩。

以前跟意大利人住过，觉得不合适，所以不希望再跟意大利人住，但是觉得自己不可以像琥珀里的小昆虫一样，一直躲在自己的保护壳里，应该去适应环境。尽管过程可能很好、也可能很糟糕，但也还是要去适应的，毕竟这个社会还是一个大集体，我不可能总一个人住一辈子，否则性格会有缺陷的。

四

8月底、9月初刚从国内来意大利，家里来了新舍友，一个北疆的哈萨克族妹子。她水土不服背上长脓包，我们喊了救护车，送她去急诊动了手术，然后接下来的日子隔几天就去医院换药。我也因此"光荣"地由于感冒患了这辈子第一次中耳炎，去看了一个私人老医生Sion，他是犹太人。第一次看，他给我开了很多药；第二次看，他就给我开了滴耳液，没收我诊费。临走时，他说要我们都要好好的。他说：他要的是过去和未来。过去是他的回忆，是他的财富；我们青年一代则是他的未来，他的希望。说得我心里特别暖，好有爱的老爷爷啊！他是一个有医德的人，比起公立医院那帮只爱开玩笑、动刀跟玩游戏一样不认真不严肃、还歧视外国人、侮辱中医的意大利医生好很多。这个老爷爷给了我人道意义的温暖。

哈族姑娘刚来意大利，浑身不适，由于不熟悉硬是忍着一周没去就医，后来还好去了。于是，那几天就帮她换药、煮稀饭、喂饭，这是第一次喂别人吃饭。她问我，后悔出国吗？怎么说呢？许多我们在国内可以轻易拥有的，在外面就变得很难得。出国以来，都是自己不舒服自己照顾自己，第一次照顾别人还真怕自己做得不够好。第一次觉得帮助人的意义如此之大。

五

回国整理书柜时，我发现了自己小学五年级时候的一些十分业余的画。那个时候曾经立志自己要画一册子的漫画，人物角色都拟好了，故事也都写好了，这些画原本是打算作为人物简介部分的插图，忘了后来是因为什么放弃了。手稿和故事的原稿都还留着。想起很多小时候的事：学画画、学乐器、学舞蹈、学唱歌，家里还有一把废弃了的雅马哈，箫孔积满了灰尘，吉他的弦也松了，看着这些我心里好拔凉。千里之行始于足下，做事有始无终或者始乱终弃都是不成熟的孩子气的表现。所有的兴趣爱好包括对自己的了解，都是一个很漫长的摸索过程，很感谢我老爸老妈这么长时间对我三分钟热度冲动的耐心和支持。一些热情经常都只是突然的，过去坚信的将来在实现的时候显得那么苍白无力。

突然想起那个在山东上大学时的我。那时的我，经常在空间里写一些酸文来回忆过去的日子：童年的回忆里，有很多关于爸爸妈妈、外公外婆的故事；青春期里，父母的身影好像断了片，多的是一些同学朋友的影子以及心里小小的对恋爱的憧憬和一些青春期的单纯幼稚的烦恼。

上大学的前三年是特别美好的，关于那段时光的回忆曾经被我刻

意隐藏着,因为我觉得自己现在更好了。随着时间的推移,看着好像我越来越好,其实我也一直在失去,童年的少年的我,只是停留在了过去,我并没把她带到现在的生活里,一阵阵惋惜悄悄在我的心中蔓延开来。我突然很想家,在山东上大学时曾被我以文字寄托的思乡情绪瞬间排山倒海地向我扑来,措手不及的我躺在床上暗自落泪。

出国了,圈子也变了,两年多来终于让我等到了一批相处起来还算真诚的意大利朋友。老外的世界并不简单,他们也有谎言和欺骗,但是至少真与假、是与不是是有界限的,在他们世界里,思想和生活会直白一些,少了很多弯道道、花肠子。时间帮我们冲刷掉很多世间的虚无浮夸,期望最后还是可以回报我们一点沉淀下来的真善美。

六

平安夜,看完了《小时代》Ⅰ和Ⅱ,心里觉得空空的。看着电影里主角们身边风雨同在的朋友,我想了下自己,高中学习,大学毕业,七八年欢乐和泪水下盛开的友谊,的确很难得。不过小说永远是小说,电影永远是电影。

　　小学转学,跟一群同学失去了联系,或有联系的也是慢慢淡了;高中毕业,我就奔北;大学毕业工作一年后,又跑来了国外。我一直在到处游走,经历了一些别人可能在国内经历不到的事,但我想感受到的,不是羡慕,也不是嘲讽,而是理解。理解这个词,在形形色色的人之中,是那样艰难地存在着。跳出一个圈子,如果运气好的话,看到很多意料中的意外,也同时获得一些意外之中的意料。

　　在一方到处奔波的时候,另一方还能坚信人与人之间的任何感情,可以牢固得时间不摧,这样的事,应该有很多的吧,可是我目前只能失望地摇头。在别人印象里,我开朗、活泼,但是我可不可以解释,其实我是用笑声来掩饰内心的忧伤?一天,一个超市的售货员问我:为什么总是一个人?为什么不在这里发展"闺密"?……不是我个性乖张,只是真正理解我的,总是离我很远,我的信任、我的真诚、我的热情,都需要时间,我可以跟人很快地聊起来,但是我的内心是个相当慢热的。

　　此时此刻,我觉得很孤单,因为好像想不起到底有谁可以和自己

是一辈子的朋友,不管距离多远。儿时的期待和承诺现在看起来都觉得不现实。那么现实和友谊还有真诚,它们可以共存吗?

最近心理受打击太多了。我一直在坚持并单纯地相信世界上会有那么一个人,可以真的理解我,漂亮的话和事,我听得太多、看得太多,不想再听再看了,莫名的疏远、过分的殷勤、突然的出现以及无故的消失,林林总总,我没有心情,也没有力气再来猜测这些。我也许永远都猜不到背后的故事。

我不能奢望以前的朋友,在我离开后的七八年的时光里还可以珍惜我们之间的感情,这太奢侈了。关心和理解,是两码事。故事里的情节总是很能抓住形形色色的人的心里最深处的秘密或者情感,我很喜欢看"小丸子",因为童年的记忆里总是有家人和朋友陪伴在身边,但是每次看完都会很失落地、清醒地回到现实中。

一个人也好,很多朋友在身边也好,不同的环境,对生活就有不一样的理解。时代一直在变,人也在变,在没有选择、也没办法逃避的时候,只能拿出勇气继续向前。

七

常言道，可怜天下父母心。做父母的总希望把"最好的东西"推到自己的孩子面前。

那么到底什么是最好的东西呢？

小时候是一颗让人眼馋的大白兔奶糖；到了青春期，是一件他们认为得体漂亮的衣裳；上了大学毕业了工作了，是他们认为称心的儿媳妇或者好女婿。

小孩子是幸福的，因为他们的渴求基本很简单，大致和吃有很大关联。而长大了似乎就不那么容易幸福，因为想得到的大多都是别人想要的东西。父母是这个世界上最需要培训的一种职业。可惜很多人都没有意识要培训自己当父母的技能，很多人无证上岗，先上车后补票，甚至还有些人愚蠢地想生个孩子作为维系惨淡婚姻的纽带。

为什么说父母是世界上最需要培训的一种职业呢？我们来分析一下。全球每天约有36.5万人诞生，这里面有部分人成为对社会有突出贡献的人（比如国家领导人、科技人员），部分成为维护社会稳定的人，部分成为犯罪分子，还有大部分成为大千世界里平凡的奋斗者。36.5万扣除掉智商严重不足的，我们权当有30万正常智商的孩子。为什么差异从国家领导人到犯罪分子不等？为什么同样都是健康儿童，长大以后相差这么大呢？美国学者华生说过："给我一打健康儿童，我可任意改变，使之成为医生、律师等。"

当然影响孩子成长的因素有很多，家庭环境、学校环境，还有社会环境。父母是最好的老师，但大部分的国内父母始终秉承着一种畸形的中国式教育理念。

中国式教育有"七种武器"：(1)"要听话"用来杀自由；(2)"要孝

顺"用来杀独立;(3)"就你跟大家不一样"用来杀个性;(4)"别整天琢磨那没用的玩意儿"用来杀想象力;(5)"少管闲事"用来杀公德心;(6)"养你这孩子有什么用"用来杀自尊;(7)"我不许你跟他/她在一起"用来杀爱情。

看到这教育七大武器,相信很多人都忍俊不禁。多少父母在感叹孩子不好带,父母难当;多少孩子看到了这七条,可笑又无奈地接受,抱怨子女难做。这就好比要叫那五大三粗的大汉要听话一样,着实不合时宜。如果你用这七条来管束自己的孩子,那你的宝贝绝对会活得很痛苦。

方向错了,做什么都是错。每当到了这个时候,我们首先要反思几个问题:我为什么要这个孩子?我养育这个孩子,我最希望他得到的是什么?我希望他成为一个什么样的人?在这个思考的过程中摆正自己在孩子眼里的位置,矫正自己教育孩子的理念。简单说,父母先修身、以身作则。你是什么样子,你的孩子就会是什么样子。再次强烈建议每个准爸妈为了孩子做一个冷静正直、温暖向上的人。

影响子女人格、性格的家庭因素有:(1)父母像仆人一样代劳一切，子女人格——怕担责、不抗压；（2）父母有绝对权威，子女性格——服从、依赖、叛逆、敌意；（3）父母是孩子的好朋友，子女人格——独立、有主见、谦和、善解人意；（4）暴力专制型父母，子女性格——自卑、懦弱；（5）陌生少言的父母，子女性格——冷漠、消极。

从孩子表现看你的教育方式。（1）孩子喜欢谴责别人，因你批评过多；（2）孩子喜欢抱怨，因你总挑剔他；（3）孩子喜欢对抗，因你对他有敌意和强制；（4）孩子不够善良，因你是缺少同情心的人；（5）孩子胆小、羞怯，因他常被嘲弄、辱骂；（6）孩子不和你说心里话，因你爱翻老账；（7）孩子不辨是非，因你专制，没有给他自主和思考的机会。

亲爱的父母们，你们真的知道自己的宝贝最想要的是什么吗？你们知道你们认为的最佳方案对于孩子来说也许是最差的安排吗？你们认为的金玉满堂、位高权重也许是他们最不在意的吗？父母总是希望自己的孩子可以在他们的安排下少走弯路、多走捷径，这样离幸福会更近。可是真正的幸福只有自己内心才知道，如人饮水，冷暖自知。孩子们走再多的弯路、吃再多的苦，那都是他们生命中不可或缺的财富，就是因为失败结合成功才能使他们成为一个完整的人。

作为子女，生活总是从各方面考验我们，考验我们的世界观、价值观，考验我们坚持自我的勇气，考验我们能不能跳出父母的梦圈，有勇气活出真正的自己。加油吧！

八

依然记得2008年的那个冬天，为了上学校后山看日出，天还未亮就起床，踏着雪、沿着山路往上爬，未及半山腰，耳闻山上有朗读

声，便很吃一惊。按理说，冬天下雪过后，极少见有天未亮就登山的，那是零下十几度，稍微在外待长点时间，就可能会被冻僵的。

爬至山顶，循声而去，果不其然，发现了几个男生在那高声朗读、背诵《羊皮卷》。稍作沟通后得知，他们这样做已经有一段时间了，而且还会继续每天坚持下去。顿时，敬佩之情油然而生！

我有一段时间接触过安利，在兰州安利总部附近有个书店，里边满满的都是各种各样的成功学书籍，比如《管道的故事》《成功法则》《突破人生的障碍》《团队的力量》《态度决定一切》《释放你的无穷潜能》《如何成功致富》《领导力》等。我那时虽然对安利没什么太大印象，但对那些书还是有点兴趣的，随手买了几本学习学习。

这里便是今天要说的成功学的起头，因为开头提及的《羊皮卷》几乎被列为成功学经典中的经典，流传了相当长一段时间，崇拜成功学的人，都会接触《羊皮卷》。有一段时间，我也是很热衷于此，大肆搜罗各类成功学电子书，凡是沾点边的也不放过，后来电脑里整整装了几十个G的书籍文件，前前后后加起来估计粗略看完了十几二十本。

说句实话，虽然看了一些成功学的书籍，但至今我并不真正确切了解成功学。顾名思义，成功学是教你成功的学问，就像一句话所说的：读万卷书不如行万里路，行万里路不如名师点悟。成功学，其实就是利用成功者证明有效的办法来减少自我摸索，从而快速达到自己的目标。

成功学里充斥着众多犹如"一思考、二计划、三大量行动、四全力以赴"之类的术语，这些话很多都是大道理，或者说比较有条理逻辑的、有核心系统的大道理，看了之后恍然大悟、热血沸腾。过了几天，原来的生活还是同样的重复，这也正是众多人基本不碰甚至非常反感成功学的原因所在，因为不实用。

中国的几个企业家也说过，其实他们不提倡年轻人向他们学习一些成功方面的东西，因为时代背景、创业机会等都已经大不相同了，用他们那一套方法在当今社会不一定行得通。

而且有一点我想很多人都是不知道的，就是大家都被成功者的风光表面所遮蔽，而忽略了其成功的背后的关键因素不一定是大家所认为的那样，结果弄得东施效颦、沦为笑柄。比如许多人学习世界首富比尔·盖茨辍学创业，以为也能像他一样干出一番惊天伟业，殊不知比尔·盖茨的老妈是IBM（国际商业机器公司）的董事，富二代啊，他的DOS（磁盘操作系统）是买别人的技术，正是他老妈促成了他的第一笔交易（是与IBM的交易）。很多人学习巴菲特不买房，把资金拿去搞股票投资，殊不知巴菲特的老爸是美国国会议员，人家8岁就能进出美国证交所和各大金融巨头社交场所，官二代啊。

主要是想说，盲目崇拜成功学是一种危险的想法。不过，成功学长盛不衰，证明了其还是有很多正面积极的成分。如今有时也会看相关书籍，但更多是本着一颗平常心去看，书里提及的一些话语充满了正能量的话，可以重点记记，悲观、不顺、茫然的时候就拿出来跟自己说说，有时效果也是OK的。很多人反感成功学的关键原因之一，是大家基本无法按照书里所讲的去实践与坚持，所以结果等于零。这是一个习惯问题，责任更多在于个人，而非书籍本身。

所以，借用最近看的《解码屈臣氏》序言中娇兰佳人蔡总提及的一句话自勉：学习屈臣氏，忘记屈臣氏。对于成功学也是一样，既要学习，更要忘记，不在于看多少，而在于将一些世人皆知的原则好好奉行，融入日常生活中。坚持，那么成功自然不会遥远。

九

看着离开学还有段日子，于是就加紧节奏把事情都提前安排好，腾出了四五天的时间和同学去了一趟瑞士。在外这么久，我其实已经渐渐淡忘了国内许多节日，去瑞士的时候，正好赶上国内的中秋，看了朋友亲戚发来的消息，才知道中秋到了。难怪在老爸的留言里，字里行间都透着淡淡的伤感和思念。

对于旅游，我不是一个特别积极的人，尽管我很喜欢旅游，但是每次出行几乎是别人搭伴儿喊我，我才决定去的，其实我也不知道我在犹豫什么。这次倒很巧，想去瑞士很久了的我，正好得知一朋友也在计划着去，于是我们一拍即合就这么决定去了。居留过期、签证过期，我们顶着个冒险的精神从米兰坐火车出发，过了意大利边境，来到"申根"②国成员之一的美丽的瑞士。

我们的4天行程，火车上度过了大部分，沿途领略了很多风景。我们是第一天中午到的瑞士，由于都是路痴，又没网络，在找旅馆的时候迷路了，好在是大白天，周围的人也很热心，我们拖着箱子到处问路，在许多好心人的帮助下，终于在傍晚伴着蒙蒙细雨找到了在卢塞恩附近的梅里沙根市的木屋旅馆。瞬间，郁闷难受的我们立刻快活起来了！

　　旅店是有300多年历史的小木屋，最近重新翻修后成了四星级的，价格居然和市里青旅的报价差不多。前台阿姨是一个特别爱笑的人，从登记到带我们认路找房间，整个过程都洋溢着愉悦的氛围，尽管那个时候下着雨。我和同伴放下行李，就立刻冲出旅馆来到湖边，之前之所以订这个旅馆就是因为它的对面就是卢塞恩湖，我们都有点捡到便宜的感觉。可是因为雨渐渐下大了，我们就没在湖边多作停留。我用皮衣捂着相机，心情却是很兴奋地跟我同伴奔跑在回旅馆的路上，看着怎么都有点拍电影的感觉了。

　　旅馆的一楼是餐厅，我们看周围的超市都关门了，附近也没有别的餐馆，于是就决定在这里吃我们的第一顿瑞士菜肴。我们点了奶油南瓜汤、鱼和沙拉。瑞士人的饮食偏甜，这让我想起了福州、我的家、我家的饭桌以及桌上我常看到也爱吃的那几道菜。

　　旅馆的早餐十分丰盛，有各式各样的甜点、饮品、水果、面包，服务员还会穿着很传统的瑞士红色长裙给客人端来咖啡和茶。但是我

们都吃得很拘谨，尤其是吃鸡蛋。我们先用刀敲开壳，然后用小勺子慢慢地吃鸡蛋。刹那间，我多么想念意大利的无拘无束。我对面坐着一位银发的客人，不知他是天生银发还是年纪所致，看脸倒是很年轻，所以我也不知道该怎么称呼他。我刚坐下，他就对我说早上好，我也礼貌地回了一句。整个早餐时间在拘谨的气氛中度过。他走的时候，还跟我说了再见，并祝我能度过美好的一天。

这天我们决定要去爬雪朗峰的，也就是詹姆斯·邦德拍007的那个雪山，海拔将近3000米。我们坐车从卢塞恩到了茵特拉肯，一路所见都是草地、山谷、森林、湖泊、城堡。火车顺着盘山公路往前开，我们坐在窗前，眼睛眨也不眨地看着窗外世外桃源般的风景。我从没见过那样蓝绿的湖水，很多瑞士人的眼睛也都是这个湖水的颜色，看着十分迷人。

大概坐了3个小时的火车，我们来到了山脚下。上山全程分为四段，第二段是一个叫米伦的小城市，满城木屋绕山，下面就是很深的山谷或者悬崖。站在路边上,可看到山顶的浮云和嫩青的山坡,山坡上顺着自然地势生长的树木一层一层地展开,宛如女孩儿的裙边一样。能生活在这里该是多么幸福的一件事!

我们是坐缆车上山的,沿途见到不少登山者。他们都装备齐全,裤脚上沾着泥土,目光坚定,脸上有着一股旅游观光游客所没有的沉着。他们走走停停,用心去记下周围的一切。以前看过一文章,说国人旅游的时候就是到处拍照,拍人也好、拍风景也好,总之很少会停下来用眼睛去慢慢欣赏周围的景物,而西方人大多数是用眼睛代替相机。我很欣赏这样有追求的人,也希望有一天自己也徒步登峰。

坐着缆车,穿过半山腰的云雾,我们在车里晃晃悠悠,用目光寻找着透过云层的光。乘客中有的很害怕,有的觉得很刺激,有的却很淡定。不知不觉,我们穿出了雾层,绵延起伏的雪山开始慢慢地展现在眼前。9月的欧洲,带着丝丝的秋意,可雪山顶上早已积了一层厚雪。到了山顶,看这周围其他4座欧洲名山以及欧洲之巅少女峰,一下子觉得灵魂被净化了。从前照片里的山峰遥不可及,现在它就仿佛是自己的邻居一样,友好地拥抱着我们。007中詹姆斯·邦德那一串滑雪坡的动作就是在这雪朗峰完成的。午饭是在山顶的360度皮兹格洛利亚旋转餐厅里吃的,我们坐在上面吃饭,看这周围的山绕着我们旋转,标致极了!

依依不舍地下了山,告别了米伦木屋小镇,我们又回到了那个温馨的瑞士木屋旅馆。第三天的行程就是去看卢塞恩。这是一个很有特色的城市,不管是游客,还是本国人,都喜欢来这里度假。木桥、花墙、卢塞恩湖、教堂、木屋、轮渡、天鹅、水鸟,加上大好的天气,我们在卢塞恩市区度过了很美好的上午。下午我们就出发去了苏黎世,这是世界金融中心、时尚之都、购物之都。苏黎世是古典和现代的结合,它的古典是庄严的、肃穆的、雄伟的。

行程的最后一天,我们起了个大早,一边下山一边拍照,傍晚坐火车回米兰。瑞士温和、平静、整洁、秀美、精致和贵气,我很向往这样的地方,也曾经一度厌恶意大利的随意性、没规划、不拘束、脏乱杂。但是,在我启程回意大利的时候,却有一种回家的感觉。每个民族都有自己的风格、自己的生活态度和方式,大家按照自己的方式过得开心就好了,多一分理解和包容,就增一方风景。

十

一击即中的爱情毕竟少数,明白自己需要的爱情,也需要打起精神,以归零的心态去面对每一份感情。喜欢就大胆尝试,不喜欢就友好分手并祝福对方,这没有什么不好。

唯一要做的就是不要气馁,不要丢掉复活的能力。回忆里的颜色都是明亮的,因为你收获的不是伤害、悲伤。每一个有勇气从失败中整合好碎片、再重新站起来面对生活的人,会更明确、更懂得自己可以给予什么样的爱情、希望收获什么样的爱情,虽然有时候需要很长时间。飞蛾扑火看起来愚昧,但每一个全新的自己,难道不是带着失败和伤感以及最终的领悟而重生的吗？虽然这样的爱情观避免不了许多需要独自消融的伤痕累累的日子，但不管怎样，也好过一辈子迷迷糊糊画地为牢、最终不明白自己到底要什么要好得多！收获一个真实的自己，需要自己来成全，拿得起、放得下、不妥协、不放弃，这也是一种魅力。不要害怕受伤或者失望，因为最终我们收获的是真诚真爱、问心无愧，还有一个更自信的自己。

我觉得吧，不管是交朋友还是谈恋爱，找和自己性格相似的其实在心理上可以理解为是因为没有安全感。因为差异就等于挑战风险，没有安全感、不自信的人是不愿冒险的，所以需要找相似的人一起相处来寻求一个自我肯定。

其次，和与自己不同的性格的人相处，过程中需要很多沟通和相互之间的包容。这种情况下建立起来的友情和感情，我个人认为其实更牢固，因为自己是在接受一个和自己不同的人，并同时不会因差异而因此否定自己或者去否定别人，这样才是"爱自己才会爱他人"的有安全感的表现。一味寻找性格相同的人，内心其实都不宽厚，因为差异对于他们来说，太有挑战了。

有人拼命奔跑去寻找，也有人想证明最大的信任是等待；有人真心纠正着犯过的错，从不纠结对错。让我们都把自己交给时间，因为它的承诺永远不倒流，也保证不将任何人退回。路途曲折漫长，步步落地无悔，每一个昨天都是被淘汰的，新的一天你将决定成为谁。

十一

小时候看着觉得很高很宽的东西，长大了会发现它们原来那么窄小。小孩的世界是对与错的集合，大人的世界却是光怪陆离、模棱两可，模糊又很分明。小时候我们热衷于倾听世界上的各种故事（哪怕是多么不真实的）。当时间马不停蹄地一路向前时，我们也渐渐失去耐心和好奇心，每个人只顾着执着自己的追求，就像是一同出发前去寻宝的同伴，路上遇到不同的人，分享不同的故事，到达目的地后，大家就分散四处各自寻自己的宝，再无暇顾及自己最初的想法，无力倾听他人的故事，怀揣各自的志趣，于是互不理解，交流就少了，沟通也就少了。等最终某天一切有了定数，才想起当年一起出行的伙伴，慢慢地在心里有了重拾同伴情谊的念头。总是这样一路走一路找，以前自己想要的，过了几年再见，旧时的渴望便已然不是渴望；而回忆是一件过去了再也回不来的一时的心情，就好比五六岁时玩的是芭比娃娃，在20岁的眼里代表的只是回忆，已非渴求。面对是是非非，就算再坏的人也可以局部信任，直言不讳的人大多是耿直真性情的人。

　　车窗外依次交替的灯光，恍惚的背后闪着不远处的烟花，绚丽而短暂，最后还是要归于平淡，把那一片素色还给夜空。站在无法控制无法预测的未来面前，我们是那么渺小，偶尔也会害怕紧张得不寒而栗。唯一能做的就是每一步尽量走得踏实，顺其自然，且行且珍惜。2012年米兰的灯火、那波里上空的月、海面盛夏的猎户座构成一幅遐想的国画。有月的夜，是一支最好的歌。

　　我有时太高估自己的能力，以为所有事只要敢想，没有不成功的。我不懂得什么是卑微，我的苦恼就在于我的脑海理解了所有的道理和字面的意义，内心却死活不肯承认，并叛逆得背道而驰，妄想着我可以把不对的变成对的、把不合适的变成合适的。这样的精神有时候有用，却常常把自己撞得满头是伤，拗着自己在一条路上越走越黑并把自己多年树立的价值观、信仰边走边丢，最后自己也笑话自己。看着别人替我担心，自己对自己感到失望。明知山有虎偏向虎山行，要么打死老虎自己幸存，要么自己成为老虎的一顿美餐。这么多年，我不懂得卑微也不想卑微，所以我不知道幸福的样子。一句话解释了全部，可代价好大。

　　我的记忆力说好也好，说不好也不好，越不容易懂得的东西，我会记得越牢固，直到我找到答案。以前上班的时候，一个同事说我太自我。自我有很多种解释，有好有不好。我一直不是一个特别守规矩的人，高三逃课，大学逃课，晚自习逃课。就算是自己当老师的时候，在我的学生眼里，我也像个孩子，有做得好的地方，也有很多做得不好、不够的地方。年轻的资本不是因为我们有健康、有美貌，而是因为我们有机会去犯错、去尝试，然后徘徊，然后再做回自己。我并不后悔自己所做的事，反而心里会为自己感到一丝的骄傲。

　　每段时间都需要停下来清零、再吸收。我原以为生活中其实没有那么多规矩，该读什么大学，该做什么工作，该不该结婚，该不该生孩子，都是人强加给自己、强加给别人的。到了一个环境，身边有蓝眼睛的、灰眼睛的、金头发的、棕头发的、黑头发的，什么人都有的时候，其实你会发现生活中还是有一些规矩的，就比如忠于自己，对自己诚实也对他人真诚，不需取悦他人。

　　我很感谢爸爸妈妈，从来没有在我面前提醒我，他们为我牺牲了多少，他们只是一直在身后看着我、鼓励我。最大的道理就是对自己诚实，对自己身边的人的爱要诚实！谢谢你们，我的爸爸妈妈、我的朋友！

简简单单地在意大利度过将近4年的时间。回家路上，想着4年来所有老师、朋友、同学的面孔，想着忙着考试的日子，想着毕业时的快乐、和教授相拥的感动，想着朋友们的帮助和鼓励还有陪伴，其他不好的人和事就让它们随风去吧！我还是觉得自己的选择没有错，做一个简单的自己，大家都平安幸福，有三两个好友相伴，就算相隔很远，心里也是充满力量的！

注：

①本文系笔者女儿方鋆文章。2012年3月—2015年12月，方鋆于意大利锡耶纳大学留学，获得"意大利语言与交流"硕士学位。2016年5月9日，《锡耶纳城市报》报道了其留学感悟。方鋆现在福建联合签证中心工作，主管因私出国意大利签证业务。

②1985年6月德国、法国等5国在卢森堡边境小镇申根，签署了《关于逐步取消共同边界检查》协定，又称《申根协定》。主要内容：1.在协定签字国之间不再对公民进行边境检查；2.外国人一旦获准进入"申根领土"内，即可在协定签字国领土上自由通行；3.设立警察合作与司法互助制度，建立申根电脑系统，建立有关各类非法活动分子情况的共用档案库。1995年3月26日《申根协定》正式生效。1990年6月西班牙、葡萄牙、意大利、希腊加入《申根协定》，1996年12月瑞典、芬兰、丹麦、挪威、冰岛加入《申根协定》。

后　　记

　　我爱书籍，上大学伊始我就从有限的生活费中挤出些钱来买书，参加工作后我还是坚持买书，一直到现在都没停止过。我买书跟别人不同，历史、教育、文学、思想、外交、心理、百科等，只要喜欢都买，买的书基本上是专著、工具型的，有一定的收藏和使用价值；迄今，个人藏书已达1500册左右，其中很多书现在市场上已经买不到了，有的甚至是绝版书。藏书使我拥有知识宝库，这是我后来阅读和写作的源泉。

　　读书，尤其是读好书，能提高人的境界、升华人的思想、催生人的写作灵感。每每在理论提升时，积累的经验就转化为个人的知识财富了。从教以来直至2011年，我的写作主要体现在教育教学论文上，从1992年在《中外教育》上发表《"黄金时代"美国教育改革发展特征初探》到2011年在《教师与教育教学》上发表《再疑人民版高中历史教材》，共计发表了二十来篇论文。其间，我也参与过一些编书活动，参编《中学世界历史综合练习》（1990年版）、《中学历史课导读与能力训练》（1995年版），担任《中学历史分类图示表解与训练》副主编（1993年版），主编《高中历史实用信息点集》（1994年版）。

　　后来在开研究课时，我开始关注乡土历史人文地理文化，最初只想做"三状元"等永泰历史名人，后因人物关系又牵涉到县治和几个大乡镇，再后就索性覆盖到永泰所有的 21 个乡镇，《热土》一书就这样酝酿成熟了。在编写过程中，除大量走访、考证外，重要的是对史料的甄别和订正，这项工作主要依托于我的藏书《宋史》《历代职官表》《万年历谱》等。从 2013 年 3 月到 2015 年 8 月，《热土》耗去了我两年多的时光。在政府部门和社会的支持下，该书终于有幸与读者见面。

写完《热土》后，我总觉得有些美中不足，农村文化未得到较好体现，有些缺憾。虽然每个村并非都有典型的文化值得挖掘，但家乡变化仍有很多内容可以写，乡土、随感都是很好的写作题材。这些成了我写作《岁月》的动力源泉。

感谢亲友的支持（特别感谢张和俊、林任丁的帮助），感恩家乡的厚爱，否则我会一事无成。但假如没有书籍营养的滋润，我就是想飞起来也没有翅膀。读书催人上进。